诺贝尔文学奖 Nobel laureates in Literature 作品精选 插图版

白海豹

〔英〕鲁德亚德·吉卜林／著
李昕恬／编译

海豚出版社
DOLPHIN BOOKS
CICG 中国国际传播集团

图书在版编目（CIP）数据

白海豹 /（英）鲁德亚德·吉卜林著 ; 李昕恬编译 . 北京 : 海豚出版社, 2025. 6. --(诺贝尔文学奖作品精选). -- ISBN 978-7-5110-7327-3

Ⅰ. I561.88

中国国家版本馆 CIP 数据核字第 2025S7T331 号

白海豹

（英）鲁德亚德·吉卜林 **著** 李昕恬 **编译**

出 版 人 王 磊
责任编辑 熊 隽
特约编辑 杨京京
封面设计 宋双成 祝 静
责任印制 蔡 丽
法律顾问 北京市君泽君律师事务所 马慧娟 刘爱珍
出　　版 海豚出版社
地　　址 北京市西城区百万庄大街24号
邮　　编 100037
电　　话 010-68325006（销售） 010-68996147（总编室）
印　　刷 天津泰宇印务有限公司
经　　销 全国新华书店及各大网络书店
开　　本 710 mm×1000 mm 1/16
印　　张 11
字　　数 125千
版　　次 2025年6月第1版 2025年6月第1次印刷
标准书号 ISBN 978-7-5110-7327-3
定　　价 39.80元

开篇语

约瑟夫·鲁德亚德·吉卜林以其细致入微的观察力、新颖的想象力、深刻的思想和杰出的叙事才能于1907年获得诺贝尔文学奖，至今仍是最年轻的诺贝尔文学奖获得者。他的作品对20世纪初的世界文坛产生了很大的影响。

吉卜林的作品题材广泛、体裁多样、数量众多。《白海豹》是一部经典的童话作品，从问世到现在被翻译成几十种文字，流传于世界各地。如果大家对吉卜林有些许了解，就会对他笔下“丛林”世界的故事比较熟悉，发生在冰雪世界的故事充满了趣味，各种动物形象生动鲜明，而“唯一的白色海豹——可提克”更是拥有很多优秀的品质，值得我们探究和学习。

可提克非常具有忧患意识，它作为一只特殊的白色海豹，其实并不在猎人的捕猎范围内，可它还是勇敢地跟在那些被猎人赶往屠宰场的海豹身后。每年都有海豹被猎人驱赶，可从来没有哪一只海豹提出疑问，自己的同类要被赶去哪里？只有可提克去寻找了问题的答案。在它亲眼看到海豹们被剥皮的惨状后，没有理会其他海豹的嘲笑，反而挺身而出、不畏艰险，终于找到了那个从来没有人类涉足过的“安乐之乡”。

《爱神的箭》涵盖了权力、地位、爱情、审美观念和社会阶级等诸多主题。在面对权力和地位的诱惑时，姬蒂做出了一个令所有人大吃一惊的决定——她坚定地选择了真爱。尽管承受着外界的非议和违背母亲殷切期望的双重压力，姬蒂仍然不愿妥协，她更看重的是对方内在的品质和独特的个性魅力。这种执着与坚持，不仅体现了女性对自身权利和幸福的热切追求，还传达了作者对女性追求独立与自由的深深敬意。

《柴堆旁的男孩》也多次被翻译成中文，文中的乔吉从小就爱做梦，每一次的梦里都出现了相同的柴堆、相同的高地、同一个警察，还有一个美丽的女孩。他一天天长大，梦境也在一天天继续，他对那些梦境也越来越熟悉，最后他在现实中遇到了梦中的女孩……这个故事浪漫无比，一个人会长大，也会离开生长的地方，但如果有一个美丽的温暖的梦一直陪伴着你，甚至梦中那个心爱的人也真的来到了你的身边，这多么幸福啊！这个短篇小说温暖又治愈，值得好好品读。

《让丛林来吞噬》通过莫格利和丛林中的亲朋好友一起营救梅苏阿的故事，展现了人类与自然、动物与人类之间的复杂关系。莫格利作为一个被狼群养大的人孩儿，既有着人类的智慧和情感，又有着动物的本能和直觉，他在两种关系中找到了自己特殊的位置。

莫格利对人类的态度是复杂的。他既憎恨那些曾经驱赶他、迫使他离开人类世界的人，又对给予他牛奶的女人怀有深深的感激之情。这种情感的反差表明，莫格利并不是完全敌视人类，而是对人类的行为和态度有着清醒的认识。他明白，不是所有的人类都是敌人，也不是所有的人类都值得信任。如果人类不尊重自然，那他们必将被自然吞噬。

《军队的女儿》以军营为舞台，勾勒出占西·麦坎纳这一鲜明形象。她是在霍乱肆虐的炼狱般场景中成长起来的“军队之女”，母亲“老柚子”带领女性抗争的坚韧身影，早已刻入她的灵魂。故事通过马尔瓦尼的回忆，串联起兵团换防的惨烈过往、女性在绝境中的觉醒力量，以及军队传统与人性光辉的交织。文中对性别角色的颠覆、战争与疾病双重压迫下的人性挣扎，宛如一曲苍凉的军歌，既诉说着残酷，也唱响着抗争与荣耀。

《银行骗局》讲述了银行经理雷吉为了安慰身患重病的下属，编造了一个个善意的“骗局”的故事。

《犯疯病的奥西里斯》的主题是忠诚，讲述了一个因过于思念家乡而“发疯”的英国士兵最终认清现实、恢复理智，决定不当逃兵的故事。

吉卜林笔下那些关于爱与抉择的篇章，叩击着每个时代的心灵。当我们合上书页，可提克的勇气、姬蒂的执着、“老柚子”的坚韧仍在回响，这些永恒的精神图腾，让我们得以在现代社会的喧嚣中，重新审视生命的价值与意义。或许这正是吉卜林作品历久弥新的魅力所在——它们不仅记录了过去，更在持续为当下的读者点亮思想的灯塔，指引着我们在人性与自然的广袤天地间，寻找属于自己的答案。

目录 Contents

白海豹

海豹安眠曲

海水在月光的照耀下泛着绿光，
夜已深了，亲爱的宝宝。
银河闪烁微光，月儿轻轻摇，
请你安心地闭上双眼，进入梦乡。
雷声无法惊扰你，闪电也不能吓到你，
让爱的歌声伴你入眠，直到天明。
哦！我的宝宝，愿你梦中畅游，
与鱼儿嬉戏，与海浪共舞，
我愿永远守护你，直到世界的尽头。

我在广袤无垠的海洋上航行，目的地是遥远的圣保罗岛。在那片孤寂的岛屿上，有一个名为诺瓦多拉的地方，当地人亲切地称它为“东北角”。一只名叫瑞莫西汀的海鸥告诉我，那里藏着一段鲜为人知的故事。

几年前的一个夏天，我正站在甲板上欣赏海景，突然一阵狂风刮过，一个弱小的身影出现在轮船的缆绳上。原来是一只海鸥，他瑟瑟发抖，异常虚弱。我把他救下带回船舱，用温暖的毛毯包裹住他，又喂他吃了些食物。他告诉我，他叫瑞莫西汀，来自诺瓦多拉。

据瑞莫西汀说，诺瓦多拉是一个被世人遗忘的角落，除非有特殊的事情，否则没有人愿意前往那里。对于海豹来说，那里却是世界上最宜居的地方。每到夏季，成千上万的海豹会从灰蒙蒙的冰冷海水中跃出，聚集在诺瓦多拉的海滩上。

舍卡其今年已经十五岁了，在海豹之中，这正是年富力强的中年期。他浑身上下的皮毛都是淡灰色的，肩上长着硬而长的鬃毛，有着两颗粗大狰狞的犬齿，其他海豹一看到这两颗犬齿，就会忍不住心跳加速、胆战心惊。当舍卡其用自己的前肢支撑、在沙滩上站起来的时候，那巨大的前半身就有近四英尺①高。舍卡其的身子究竟有多重，谁也没有称过，不过，如果有谁敢鼓起勇气把他抱到秤上去试一试，我敢打包票，他的体重一定有七百磅②。

舍卡其浑身上下伤痕累累，我们可以从那些伤痕中轻易地看出他经历过无数次凶险的战斗。即便是到了现在这个年纪，他还是随时随地做好了战斗的准备，誓要与那胆敢前来挑衅的敌人血战到底。你瞧，他常常把自己的脑袋向脖子后面甩，因此他的脑袋看起来总是偏的，就像是不想面对自己的对手一样。可是当他转过头来时，你可要当心

①1 英尺等于 0.3048 米。

②1 磅等于 0.454 千克。

了，他那副目露凶光的模样一定会把你吓得魂飞魄散。

一旦舍卡其有机会用自己的尖牙咬住对手的脖颈，他就会不断收紧自己的下颚，死死咬住对方，以他下颚的咬合力，几乎没有哪个对手能够从这死亡尖牙之下活着逃出去。当然了，即使他取得胜利，也绝对不会在对手夹着尾巴屁滚尿流逃跑的时候不依不饶、穷追不舍，因为他认为，海豹之间的战斗准则是必须遵守的。他与对方殊死搏斗，并不是为了杀死对方，而是为了保住自己的领地，和马佳一起好好生活。可是，在这么一个小小的海豹岛上，每年春天总有数万只海豹在此汇集，战斗和流血难以避免。

每年春季来临时，如果你有机会到诺瓦多拉附近的小山上举目远眺，就会看到三英里半[①]长的海岸线上，到处都是厮杀搏斗的场景，到处都是怒吼和悲鸣。有的海豹在浅滩上撕咬搏斗，有的海豹在光滑的岩石上立身扑击。沿岸的每一寸土地都浸满了海豹的鲜血，他们不停地战斗着，不断地撕咬着，只为给自己的妻儿寻求一个可以安身的地方。即使是要牺牲自己的生命才能换来一方土地，他们也心甘情愿。

到了五月底六月初的时候，海豹的妻子们纷纷游到了圣保罗岛上；与这些雌性海豹同行的，是一岁到五岁不等的海豹宝宝。海豹宝宝一爬上岸，就成群结队地从那些打成一团的雄性海豹身边爬过去，一直爬到空旷地带的沙丘上。他们没有心思去管那些触目惊心的殊死搏斗，只顾着快活地嬉戏玩闹。不需要多长时间，他们就会把那些长满绿草的地方弄得乱七八糟。等这些海豹宝宝再长大一些，雌性海豹就会成

①1 英里等于 1.61 千米。

为母亲事业的继承者，而雄性海豹就会成为需要找到配偶的单身汉。仅仅在诺瓦多拉海湾一带，这样的单身汉海豹就有两三万只。

舍卡其的妻子马佳体态优雅、性格温柔。当她一如既往地游到诺瓦多拉时，舍卡其刚刚结束他在今年春季的第四十五场战斗。舍卡其一看到妻子从海水中露出脑袋，便朝她扑了过去。他一边将马佳扑倒在沙滩上，一边发出雷鸣般的咆哮声："每年这个时候你都会迟到！你是跑到什么地方去了？"

舍卡其已经有整整四个月没有好好进食了，所以这一天他的脾气简直可以说是糟透了。马佳非常清楚此时此刻的丈夫是个什么样的心情，所以她并没有正面回答他的质问，而是扭头张望了一下，以一种十分柔和的语气对丈夫说："你考虑得真是细心周到，我们终于又回到去年待过的老地方来啦。"

"我是什么性子，你早就该知道了。"舍卡其的语调一下子变得十分骄傲，"你瞧瞧，我身上弄成了这副样子。"他向马佳展示自己身上二十几处严重的抓伤，有的伤口还在流血。他的一只眼睛也伤得很厉害，眼珠子看起来都快要掉下来了。除了这几处显眼的重伤之外，他身上几乎每一寸皮肤上都有抓挠撕咬的痕迹。

"哎呀呀，哎呀呀，你可真是个大老粗，做事太粗鲁啦！"马佳一边叫嚷着，一边用前肢不断地拍打自己的胸膛，"你做事的时候为什么不冷静一些，谨慎行事呢？你看看你这样子，就好像是被吃人鲸[①]撕

① 吃人鲸：以海豹为主要食物的虎鲸。吉卜林采用拟人的手法描写海豹，故此文称虎鲸为"吃人鲸"。

咬过一样。”

“我每天几乎干不了别的事，从五月中旬到现在，我每一刻都在打架。最近这段时间，海边挤得要命，我至少跟一百个从卢卡隆来的家伙交了手，这些家伙为什么不愿意安安分分地待在他们本来居住的地方呢？我可真是一点儿都想不明白。”

“我经常在考虑，要是我们搬到奥特尔岛上去住的话，情况可能会好一些，那里应该会比这儿舒服，这里实在是太拥挤了。”马佳说。

“嗨，愿意跑到奥特尔岛上去住的都是那些单身汉啊。要是我们也跑到那里去，别人一定会嘲笑我是胆小鬼的。亲爱的，可不能让别人瞧不起我们。”舍卡其说着，把脑袋靠在马佳的肩膀上，装出一副困倦的样子。但实际上，他一直保持着警惕，随时准备迎接新的对手。

现在，几乎所有的雄海豹和他们的妻子都已经到了诺瓦多拉海湾，这里嘈杂得连汹涌的海浪声都被盖住了。至少有一百万只海豹聚集到这片海滩上，一片片，一群群，一堆堆，海滩上到处都是叫声，到处都是拥挤的海豹群，到处都是来来往往的身影，到处都有海豹在发生摩擦和冲突。由于诺瓦多拉海湾是一个严寒之地，所以这里一年中大部分时间都被一层朦胧的雾气笼罩，只有太阳升起的时候才能看清周边的景色。

就是在这样的环境下，马佳和舍卡其的孩子诞生了，他们为自己的儿子取名为可提克。可提克刚刚出生的时候，非常健康可爱，白白胖胖，一双乌黑的大眼睛水灵灵的，看起来和其他小海豹没有什么不同，但是马佳却注意到他有着格外白皙的毛色。

“舍卡其，”马佳惊讶地叫出了声，“这孩子的皮毛是白色的！”

“恐怕你下一句话就要说，太阳打西边出来了吧？”舍卡其压根儿就不相信马佳的话，“你听说过世界上有白色的海豹吗？”

“是啊，我也不相信世界上居然会有这种事情，”马佳说，“可是，这样的奇迹真就出现在我们家里了呀！”说完，马佳低下头，对可提克唱起了海豹妈妈们经常为海豹宝宝唱的一首歌：

六周的宝宝不能到水里做游戏，
你还没有学会怎么在水里呼吸，
那里有夏日的暴风雨和吃人的鲸。

我的宝宝千万要小心注意，
千万要小心注意，我的宝宝，
不要让水呛到自己的喉咙里，
要小心夏日的暴风雨和吃人的鲸。

在风霜雨雪里，我的宝宝快快长大，
大海的孩子会像大海一样，孔武有力。

刚刚出生在这个世界上的海豹宝宝当然不明白妈妈在唱些什么。几天之后，可提克就开始摇摇摆摆地跟在妈妈身后，到处乱晃了。当爸爸和别的海豹斗得难分难解的时候，他就躲在妈妈身后的安全区域，兴致满满地四处张望。有几次，他看到爸爸和对手一边扭打着，一边发出如雷的怒吼，随后他们一起从滑溜溜的岩石上滚落，掉进了深不见底的大海。平日里，妈妈负责照顾可提克。她每天都会到海里去狩猎，每两天才哺喂可提克一次。尽管如此，可提克仍然长得很快，并且非常强壮。

现在，又到了妈妈出门狩猎的时候了。可提克发现了一种新游戏：他爬向沙滩，在那里找到了十几个与他几乎同龄的海豹宝宝。他们一起爬到山丘上，再一起从上面滚下来。可提克玩累了之后，就躺在干净的沙滩上呼呼大睡，等到睡醒之后，再接着跟他的小伙伴们玩闹。

一些在沙地上休息的老海豹对此只是冷眼旁观，他们并没有心思花时间去照顾这些幼崽。而那些已经满一岁的小海豹也对海豹宝宝没有兴趣，他们有自己的游戏。对于这些刚刚出生不久的海豹宝宝来说，沙滩可真是一片乐园。马佳知道可提克在这里玩，于是她从海中狩猎回来之后，就径直爬到这个地方，一声声地呼唤着可提克的名字，就像老绵羊呼唤小羊羔那样。

马佳一声又一声地呼唤着，直到听到了可提克的回答，她才像发了疯一样冲向可提克声音传来的地方。她飞快地朝那里爬去，一边爬一边还用前肢推开沙滩上的其他小海豹。在海滩上，几乎每时每刻都有数百个这样的雌性海豹，在急切地寻找着自己的孩子。可是她们的孩子呢，压根儿就不在意妈妈那颗时刻为自己揪得紧紧的心脏，他们只顾着玩，玩得不亦乐乎，把整个世界都忘得一干二净。马佳非常在意可提克的安全，她经常对可提克耳提面命：“只要你避免在肮脏的泥水里打滚，不被粗糙的沙砾刮破皮肤，就不会得皮肤病；还有就是千万不要到深海里去游泳。这样，世界上就没有什么东西能够伤害到你了。”

海豹宝宝几乎和人类宝宝一样，是不太会游泳的。但是，人类宝宝不游泳并不会觉得难受，海豹宝宝不能游泳却会感到浑身不舒服。可提克第一次下水的时候，非常高兴，他练习着，畅游着，一不小心就被浪花卷到了海洋深处。巨浪盖过了他的小脑袋，他连忙像妈妈的摇篮曲里唱的那样，拼命地用四肢划水。幸好这个时候，第二个浪花又将他卷到了原本的浅水边，要不然，我们可就看不到它长大后发生的故事了。

吃了这么大的苦头之后，可提克学乖了。他不再到水深的地方去，而是长时间地待在浅水区，让海浪微微地浸润自己的身体，这就足以让他心满意足了。有时候，波浪会托起他小小的身体，他就会学着父母的姿势，在水里扭动身子，尝试着游泳。即使是在他玩得最忘我、最投入的时候，他也绝不会忘记提防那些不知道什么时候会打过来、把他卷到深水中去的巨浪。

可提克花费了大约两周时间才学会怎么正确地使用自己的前肢划水。在这两个星期里，他一直在浅水区扑腾，扑腾累了，他就会到岸上去，像只玩累了的小猫一样呼呼大睡，醒来之后又重新爬进水里，再次开始他的划水练习。终于，可提克学会了游泳，他能够随心所欲地在海里畅游了。

但是可提克还没办法像爸爸妈妈一样游到海洋深处去，他只能够和别的海豹宝宝一样，在距离海岸很近的地方游泳。一群刚刚学会游泳的海豹宝宝，是多么快活啊！你可以想象得出他们心中的雀跃。可提克和他的小伙伴们一起在浅水区滚动，一会儿钻入滚滚而来的浪花之中，一会儿在水中立起身子，高高地抬起头；一会儿学着爸爸妈妈的模样，用尾巴撑着身子立起来，用前肢拍打自己的小脑袋。有时，他们也会在岸边长满青苔的光滑岩石上玩建城堡当国王的游戏。

好几次，在他们玩得正开心的时候，他们会发现水面上冒出了一个黑色的背鳍，看上去就像是鲨鱼游了过来。但是可提克和其他海豹宝宝心里都很清楚，这并不是鲨鱼，而是一种名叫虎鲸的吃人鲸。这时，可提克和他的小伙伴们就会像一支支离弦之箭一样飞快地游回岸边。等他们冲上岸、惊魂未定地回过头时，便会看见那个露出水面的背鳍缓缓地调转方向，往别处游去。要是你只看到了虎鲸在水中悠然自得的模样，还真会以为方才什么事情都没有发生呢。

十月前后，海豹们开始陆陆续续地离开圣保罗岛了。他们成群结队地往南方游去。岛上再也不会出现之前那种搏斗厮杀的景象了，拥挤的海岸一下子变得广阔起来。这时候，那些海豹中的单身汉可就开心了。他们在这充足的空间里，可以想做什么就做什么，想玩什么就玩什么，再也不需要担心那些成年海豹的威胁与压迫了。

可提克对那些单身汉投去羡慕的眼光，这一幕被马佳看在了眼里。她对可提克说：“到明年，你也会变成一个快乐的单身汉，就像他们一样。不过，今年你还是得跟着爸爸妈妈，老老实实地和我们到海里去，学习如何捕鱼。”

说完，可提克一家出发了，他们往太平洋的南部游啊，游啊。在这段长途跋涉的过程中，可提克从母亲那里学到了仰浮在水面上游泳的技巧。他用两只前肢在身体两侧划水，只有鼻子露在水面上呼吸。用这种方法游泳，他可以一边前进，一边休息。如此一来，在这漫长的旅程中，就算他们许多天都找不到可以落脚的海岛，也不会因为疲累而死去。

学会这样的游泳方式之后，可提克就经常躺在海面上，一动不动地随着海浪一上一下地漂浮，他觉得全世界恐怕没有什么地方比太平洋的海面更加舒适、更加惬意了，这里简直就是最梦幻的摇篮。

有时候，可提克会忽然感觉到全身的皮肤传来一阵阵轻微的刺痛，他急忙把这事告诉妈妈，妈妈告诉他，当一只海豹身上出现这种感觉，就表示要变天了。这是海豹世世代代传下来的本能，每一只海豹都是通过皮肤来感知天气变化的。一旦出现这种感觉，他们就得飞快地游走，不能再待在原来的地方。可是，他们应该往哪里游呢？马佳告诉可提克，再过不久，他就会明白该如何依靠本能辨别方向了。不过呢，目前，他只需要跟着爸爸妈妈，追逐着海豚的脚步努力地游就可以了。

"海豚家族的成员都非常聪明，"马佳告诉可提克，"因为他们的生活经验特别丰富！"

这个时候，可提克注意到他们前面有一群海豚在游动，于是他加快速度追上他们，跟他们并肩向前游去。可提克游得很吃力，他一边喘着粗气，一边开口询问领头的那只老海豚："你们是怎么知道应该游往哪个方向的呀？"

领队的老海豚瞪着眼睛，往水里潜了潜，告诉他：“当我的尾巴有一种刺痛感时，这就说明，我们身后的地方即将出现暴风雨。不过，等你到了赤道以南地区，如果尾巴还有刺痛感，那么就说明这场暴风雨即将发生在你的前方，所以，你得立刻调转方向，往北边游。快点儿跟上我，小东西！这里的海水不太对劲！”

这一路上，可提克学到了各种各样的新知识。他是一只拥有强烈求知欲的小海豹，总是问这问那，问个不停。他的爸爸妈妈也总是很有耐心地教导着他，引导他理解各种事物的规律。例如，可提克在妈妈的指导下，学会了如何巧妙地追踪比目鱼和鳕鱼；学会了以什么姿态在海底潜泳；他也学会了如何像深海鱼一样，不紧不慢地在海底沉船中穿梭游走，而且他还会像那些身材娇小的鱼儿一样，从一个舷窗钻进去，再从另一个舷窗钻出来。除此之外，可提克还学会了如何在水面上跳舞，有好几次，他调皮地用前肢去触碰那些低飞掠过海面的信天翁的尾羽。当可提克看见飞鱼在海面上美妙地滑翔的时候，他也学着他们的姿势去做动作，嘿，他还真的能够像飞鱼一样，一下子蹿出去三四英尺远呢；只是他的姿态远不如飞鱼那样优雅曼妙，因为他的前肢只能紧紧地抱在胸口，尾巴也没办法像飞鱼一样伸得笔直。

妈妈告诉可提克，靠捕捉飞鱼填饱肚子是不可能的，因为飞鱼身上光长骨头不长肉。妈妈教他在海底全速前进的同时，如何一口咬住鳕鱼的肩胛，从上面撕下一块肉来；妈妈还教他绝对不能在海里停下，去看那些航船或者是渔船，尤其是快艇，人类制造的船艇是他必须敬而远之的东西。六个月后，可提克可以说是完完全全地掌握了深海捕

鱼技术，在此期间，他的鳍从未触摸过干燥的土地。

有一天，就在可提克睡眼惺忪地躺在海岛附近温暖的海水中时，他忽然觉得浑身发软，脑袋发晕，心底就像是人类感觉春天快要到来的时候一样充满欣喜。他忽然想起了七千英里之外的那片海滩，那片舒适宜人、实实在在的地方。他记起了那里海草的气味，记起了在那里和其他海豹宝宝们玩过的游戏，记起了那里无时无刻不在发生的打斗和咆哮。就在那一刻，可提克转过头，开始奋力朝北方游去。一路上，他遇上了好几十个老相识，他们和他一样，都是往同一个地方去的。他们和可提克打着招呼："你好啊，可提克，今年我们都可以在卢卡隆的沙滩和海浪上跳舞啦。不过，你是从什么地方弄来了这样一身皮毛哇？"

可提克的皮毛现在已经成了近乎纯白的颜色。对此，他颇为自豪。"我不是从什么地方弄来的。"他告诉人家，这身皮毛天生就是这个颜色的。当他打算把问话的伙伴掀一个跟头的时候，从沙丘后面走来了两个人，他们有着黑色的头发和扁扁的红脸膛，可提克从来没有见过这样的生物，他吓得呛了一口水，咳嗽起来。

这两个人不是别人，正是在岛上捕猎海豹的猎人头领柯里克·布特林和他的孩子帕塔拉孟。他们来自一个离海豹窝不到半英里的小村庄，正在考虑着要把哪些海豹赶到屠宰场去，变成珍贵的海豹皮衣——他们驱赶海豹的方式就像赶羊一样。

"咦？"帕塔拉孟说，"你看，那是一只白色的海豹！"

柯里克来自阿留申岛，那里的岛民都很不爱干净，因此柯里克从不在意自己脸上的油污和煤灰。尽管如此，此刻那些污渍还是无法遮盖他脸上的惨白神色。柯里克喃喃自语着，念起了祷告词："不要碰它，帕塔拉孟，千万不要。自从——自从我出生以来，从未见过白色的海豹。他或许是去年在暴风雨中失踪的老扎哈洛夫的鬼魂。"

"我不打算走到它旁边去，它一看就不吉利。"帕塔拉孟说，"你真的觉得这是老扎哈洛夫去而复返的鬼魂吗？我还欠他好几只海鸥蛋呢。"

"不要和他的视线交汇。"柯里克警告着，"去驱赶那群四岁大的海豹吧。工人们今天应该剥下两百只海豹的皮，不过，这个季度才刚刚开始，他们工作起来还不大熟练，今天剥一百只就算了。动作快点！"

帕塔拉孟拿起一对海豹的肩胛骨，敲了起来，这声音把海豹们吓傻了，一个个呼哧呼哧地喘着粗气。随后，帕塔拉孟走近海豹，驱赶着他们向前移动，而柯里克就在前面，带领着这些海豹往内陆走去。

这些被敲击声吓傻了的海豹根本没有谁想到要回到海岸边的同伴那里去，而那几十万个同伴就这么眼睁睁地看着他们被赶走，不闻也不问。唯一对此提出质疑的海豹是可提克，可是其他同伴却对此所知甚少，他们只知道每年有大约两个月的时间，人们会这样到海岸上来驱赶一些海豹。

"我要去跟踪他们。"可提克说完，就爬过去跟上了那群海豹。他是那么好奇，眼睛瞪得大大的，圆圆的黑眼珠占满了整个眼眶。

"天啊，那只白色海豹跟着我们过来了。"帕塔拉孟嚷嚷起来，"竟然有海豹自个儿主动往屠宰场走，这可真是开天辟地头一回呀！”

“嘘！不要回头看！”柯里克警告自己的儿子，“这一定是老扎哈洛夫的鬼魂，我必须把这件事告诉神父！”

海岸距离屠宰场大约只有半英里，但是他们却要走一个多小时。柯里克了解海豹，如果这些家伙走得太快，体温就会升高，剥下皮之后，上面的毛就会一撮撮地往下掉，所以他们以缓慢的速度向前走着。

可提克跟在队伍末尾处走了很久，队伍终于停了下来。他追得气喘吁吁，觉得似乎已经走到了世界的尽头，其实他们并没有走多远。不远处海岸上的小海豹依然在欢快地玩耍着，他们玩闹时发出的吼声清晰响亮，从海岸边一直传到了可提克现在所在的地方。

柯里克坐在苔藓上，掏出一只沉重的锡制怀表，看了看时间。他们必须在这里休息三十分钟，好让海豹们的体温降下来。休息的时候，周围安静极了，可提克甚至可以听见晨露从那个人的帽子上滴下来的声音。不久后，十几个手里拿着长长的包铁木棍的人走了过来。他们和柯里克打招呼，柯里克将海豹群中某几只被同伴咬坏了皮毛，或是赶路赶得体温过高的海豹指给他们看，他们抬起穿着海象皮厚皮靴的脚，将那几只海豹踢到旁边去。

“得啦，干吧！”柯里克说。

于是，那些人举起手中的木棍，朝海豹的脑袋上砸去。

十分钟之后，可提克再也认不出他那些朋友们的面目了，因为人类已经把他们残忍地处理了。这对于可提克来说真是一件可怕的事，他转过身，挥动着前肢快速移动起来，直到回到海里。要知道，一只海豹只能狂奔一小段时间。他那刚刚长出来的细小胡须全都因恐惧而倒竖了起来。可提克跳进冰凉的海水之中，举起前肢在水中反复扑腾，痛苦地喘着粗气。

“那是怎么一回事儿？”一只海狮粗声粗气地问道。原来，可提克慌乱之中跑到了一群海狮中间，这些体型庞大的海狮正坐在浅海滩的边缘上，悠闲地休息着。海狮一向是不喜欢与外人来往的。

“你这是出了什么事了？”另一只海狮粗暴地问道。

“我觉得孤立无援，实在是太孤立无援了！”可提克说道，“他们打算杀死所有的海豹！”

“你别胡说八道啦，”海狮说，“你的小伙伴们正在那边大声嚷嚷呢，就像平时一样吵闹。我看，你刚刚一定是目睹了老柯里克干掉一群海豹的场景吧。他这么干已经有三十年了。”

“这真是太叫人害怕了！”可提克说着，正好有一个巨浪打了过来。他一边逆着海浪向后退去，一边用前肢划出一个圆圈，刚好在距离一块锯齿状的岩石三英寸的地方停住了身体。

“对于一岁的小伙子来说，真是干得很漂亮了！”这只海狮说着，他对可提克高超的游泳技术特别欣赏，“我想，站在你的角度，这事的确非常恐怖。不过，你们海豹每年都会到这个岛上来，当然逃不过人类的毒手啦。除非你能够找到一个人迹罕至的岛屿，否则，无论如何，你们都逃不过被人类赶到屠宰场去的命运。”

“这样的岛屿是真实存在的吗？”可提克问。

“我跟在大比目鱼身后游了二十年，还从未见过符合这项条件的岛屿。不过——你可以到海象岛上去找西魏齐聊一聊，他或许知道些什么信息。别这么着急呀，小家伙，你得游六海里[①]才能到达那里呢。如果我是你的话，现在就会到岸上去，好好睡一觉再出发。”

可提克觉得这是一个好建议，于是他游到海滩上去，在岸上睡了半个小时。接着，可提克直接出发前往海象岛。海象岛是一个低矮的小岛，岩石密布，上面到处都是海鸥巢穴和石阶，除了成群结队地生活在这里的海象，岛上什么动物也没有。可提克在距离西魏齐很近的地方登了陆。老西魏齐是北太平洋一只相貌丑陋的大海象，他有着粗壮的脖颈和长长的巨牙，身材肥硕，身上长满了难看的小疙瘩。他对别人毫不客气，毫无礼貌可言，除非是在睡眠之中。可提克到的时候他恰好在睡觉，他的鳍一半浸泡在水里，一半露在空气中。

“醒一醒！”为了盖过海鸥那震耳欲聋的叫声，可提克不得不提高音量喊道。

“咳！咳！发生了什么事啊？”西魏齐一边生气地说着，一边用自己长长的牙齿敲了敲旁边那只海象。

那只海象被敲醒之后，也敲了敲他旁边的海象，就这样一只接着一只，所有的海象都醒了过来。他们东张西望，环顾四周，就是不知道是谁吵醒了他们。

“嗨，我在这里！”可提克漂浮在海中，一起一伏，在这些海象眼中就像是一条小小的白色鼻涕虫。

“哎呀……让老天剥了我的皮吧！”西魏齐说。

---

①1 海里等于 1.85 千米。

所有的海象都调转目光，紧盯着可提克。可提克已经受够了剥皮这件事，不愿意再听到任何关于剥皮的话了，所以他赶紧趁此机会喊了起来：“请问，你知道哪里有未被人类发现且可以让海豹去居住的岛屿吗？”

“你自己到处去找找吧，”西魏齐说着，闭上双眼，“我们这里正忙着呢，快走开快走开，别打扰我。”

可提克一下子从水中跳了出来，他就像海豚一样腾空飞起，使出吃奶的劲儿放开嗓门儿高声喊道：“吃蛤蜊的家伙！吃蛤蜊的家伙！”

可提克知道，西魏齐虽然假装自己是个让人惧怕的狠角色，但是他这辈子从来没有抓住过一条鱼，只会靠自己的蠢鼻子挖些海草和蛤蜊来吃。那些随时随地都在等待机会欺负别人的海鸥和海鹦鹉见状，立刻响应起可提克的叫骂。很快，几乎是在五分钟之内，浅滩上就响起了一片吼声，即使现在有人朝海象岛开炮，可能连炮声都会被淹没，因为岛上所有的居民都在忙着大喊：“吃蛤蜊的家伙！吃蛤蜊的家伙！”

西魏齐一边蠕动着自己的身体，一边尴尬地哼哼着，假装咳嗽。

“这下你是不是愿意告诉我了？”大喊了很久的可提克快要喘不上气了，赶紧问道。

“你可以去问问海牛。”西魏齐指点道，“如果他还活着的话，一定能够给你一个满意的答复。”

“可是，哪个家伙是海牛呢？”可提克转身离去前，又问了一句。

“他是海洋里唯一长得比西魏齐还要难看的家伙！”一只在西魏齐

鼻子底下盘旋飞舞的海鹦鹉咯咯地笑着说，“他不仅比西魏齐难看，还比西魏齐更加粗鲁！更加没礼貌！”

于是，可提克游回了海豹群中，留下海鹦鹉仍在那里放声尖叫。他发现，虽然自己竭尽全力，想为海豹们找寻一个能够安身的地方，却没有任何一只海豹领情。其他海豹告诉他，人类每年都会来驱赶海豹——这根本就不是什么新鲜事儿——要是他不愿意让这种罪恶发生在自己的眼皮子底下，就不应该跑到屠宰场去。加上这里没有哪一只海豹亲眼看到过人类屠杀同类的场面，这就导致他们无法跟自己达成共识。况且，可提克还是一只特殊的白海豹呢。

“你一定要快快长大，长成爸爸这样的海豹，”老舍卡其听了儿子的冒险经历之后，语重心长地告诉他，“到了那个时候，你也会在海滩上争夺一片区域，哺育你的海豹宝宝，如此一来，他们就不会来招惹你了。再过五年，你就会长大成人，到时候就可以独立了。”就连他的妈妈，温柔的马佳听了他的话之后也这么告诉他：“你永远没有办法制止屠杀。到海里玩儿去吧，可提克。”可提克到海里去了，他怀揣着一颗沉重的、小小的心，在海里和伙伴们一起跳起了舞。

那年秋天，可提克尽可能早地离开了海滩，独自上路了。因为，在他那固执的小脑袋瓜里，产生了这么一个主意：他一定要找到海牛，要是大海里真的有这么一个家伙的话。他要找到一个可以供海豹居住的孤岛，那里有柔软漂亮的沙滩、安宁和平的氛围，但绝不能有人类的足迹。

可提克离开了父母和朋友，开始了他的寻觅之旅。他找了又找，从北太平洋一路找到了南太平洋，有的时候，他一天一夜要游三百英里，他经历的危险连他自己也数不清：他差点被大白鲨、斑点鲨和锤头鲨抓住，他遇见了海洋里所有不可信任、四处游荡的恶棍，他也碰上了许多体型庞大、温文有礼的鱼类，他还遇到过带着红色斑点的扇贝，那些贝类在同一个地方已经居住了几百年了，为此，他们颇为自豪。

可是，可提克一直没有遇见那个叫海牛的家伙，也一直没有找到一个令他满意的岛屿。

每当他找到一个有着松软漂亮的海滩，以及角度恰到好处、可以供海豹宝宝们玩耍的斜坡的海岛时，就会发现海岛附近的天际处冒着黑烟，那是因为一艘捕鲸船在熬煮鲸油，可提克完全明白这意味着什么。有时候，他会在某个海岛上发现海豹曾经成群结队地来过的痕迹，只是他们已经被捕杀殆尽了。可提克心里很清楚，人类只要来过这个地方一次，就一定会再来第二次。

在寻觅海岛的过程中，可提克结识了一只尾巴短短的老信天翁，信天翁建议他到壳龟仑岛去，因为那是一座最平安、最清净的岛屿。可是当可提克到达那里的时候，却遇上了一场夹杂着雷鸣闪电的冻雨，他险些从悬崖上跌落摔得粉身碎骨。当可提克离开海岛的时候，发现这里也有海豹停留过的痕迹，就像他去过的其他岛屿一样。

可提克也去过加拉帕戈斯群岛，那是赤道上最为干燥的地带，他在那里几乎要被太阳烤焦了。他也去过乔治亚群岛、南奥克尼群岛、埃莫拉尔德群岛，他甚至还去过好望角以南一个非常小的岛屿。可是不管可提克到了什么地方，从当地的海洋居民那里打听到的全都是一样的消息：海豹曾经来过这些岛，但是后来都被人类杀死了。

有一次，他游了几千英里，游到太平洋之外的地方，到达了一个被称为科连特斯角的地方，在那里遇上了几百只皮毛又脏又乱的海豹，得到的也是一样的答案。他们告诉他，人类也到过这个地方。

可提克的心都碎了。他绕过恩赫角游回了故乡的那片海滩，在北上的途中，可提克路过了一个草木葱茏的小岛。他在那里遇见了一只年纪特别大的海豹，那只海豹已经奄奄一息了。可提克为他捕了一些鱼，向他倾吐了自己的烦恼。可提克说，自己马上就要回家去了，哪怕将来有一天自己也会被赶到屠宰场去，也只能麻木地接受命运的安排。

可是那只年迈的海豹却请求他再试一试。他告诉可提克，自己是埃弗拉海豹家族仅存的一位后裔。当年，自己数以万计的家族同类被人类屠杀。那时候，他所在的海滩上流传着一个传说，说是有一天，会有一只从北方来的白色海豹，引导着海豹们到一个平安的地方去。虽然自己年纪大了，已经看不到那一天了，但是为了让别的海豹过上这样的生活，他希望可提克再试一次。

这个传说让可提克为之一振。那年夏天，他回到诺瓦多拉海峡之后，母亲马佳恳求他尽快成家，因为他已经是一只成年海豹了。他像自己的父亲舍卡其一样魁梧高大，肩上长着卷曲的白色鬃毛。“再等一季吧，妈妈。”可提克说，“就像你说的那样，第七个浪头总是能打到海滩的最深处。”说来也怪，有一只雌海豹也觉得，自己可以和可提克一样，等一年再成婚，在可提克出发去进行最后一次探索的前夜，他们俩在海滩上一起跳舞，直到天亮。

这次，可提克往西边去了。他每天大约需要吃掉一百磅的新鲜鱼肉，才能保持充沛的精力。可提克跟在一大群比目鱼的后面不断前进着。当他感到困倦的时候，便蜷缩起身子，在巨浪的旋涡里酣睡。

这一带的海岸他已经很熟悉了，因此，当他在午夜时分感觉到自己被轻柔地送到了一片绵软的海草上时，只是在水底翻了个身，迷迷糊糊地说了句："哼，今天晚上的浪真是汹涌。"接着，他慢慢地睁开眼，伸了一个懒腰。这个时候，他忽然像一只受惊的猫一样跳了起来，他发现，在海滩的浅水处有一些巨大的动物在探头探脑，同时还在咀嚼着海草丛边缘的嫩草。

"海峡的巨浪啊！"他捋捋自己的胡子嘟嘟囔囔地说，"这到底是个什么海洋族群呀？"他们看上去不像可提克曾经见过的任何一种生物，既不是海象，又不是海豹，更不是北极熊、鲸、鲨鱼或者乌贼。他们体长二十到三十英尺，没有后鳍，却有一条长长的铲子形尾巴，看起来像是用一块湿漉漉的皮革经过刀砍斧劈而成。他们的脑袋奇丑无比，丑得可提克无法用语言来形容。他们不咀嚼海草的时候，就会用尾巴作为支柱，支撑着自己的身体，彼此庄严地鞠几个躬，还会晃晃自己的前鳍，就像一个胖男人在挥舞手臂。

"嗨！"可提克打了个招呼，"觅食还顺利吗，诸位先生？"那些肥硕的动物以鞠躬作答，对着可提克晃晃前鳍，然后又开始吞食海草。可提克注意到，他们的嘴唇裂成两半，可以把上唇扯得很开，将一大片海草拢进那裂口中，再合上裂口，开始一本正经地咀嚼。

“这种进食方式真是太邋遢啦！”可提克没话找话，又得到了他们的鞠躬回应，这下，可提克可被他们敷衍的态度弄生气了。“行吧，”他说，“就算你们的前鳍比别人长一截，也没必要这么卖弄呀！我看得出来，你们知道该怎么优雅地鞠躬行礼，可是我想知道的是你们的尊姓大名。”

这些动物开裂的嘴唇蠕动着，张合着，他们用呆滞的绿色眼睛看着可提克，谁也没有回答他的问题。

“行吧！”可提克说着，转身走开，“你们真是我见过的唯一的比西魏齐还难看的动物——而且你们比他更粗鲁无礼。”说完，记忆如闪电般从他脑海中掠过，他忽然想起了自己还是一只小小的一岁海豹的时候，海象岛上的海鹦鹉对他尖叫着说出的话。可提克连忙游了回去，他知道，这一次，他终于碰上了多年以来苦苦寻觅的海牛。

海牛继续撕扯、吞咽着那片海草，可提克不断转换着方式，用在旅途中学会的各式各样的海洋动物的语言向海牛们提问——海洋族类的语言和人类的语言几乎一样多。可是，不管他说什么，海牛都默不作声，后来他才发现海牛是不会说话的。海牛的脖子上只有六块骨头，而那些能够说话的动物则有七块，因此，海牛也无法与同类交谈。不过，他们的前鳍比其他动物多一节骨头，所以他们可以依靠挥动前鳍、勉强打出一些手势来进行交流。

天亮的时候，海牛们开始缓慢地向北行进，他们时不时停下脚步，用可笑的姿态和手势商讨着一些事情。可提克跟在他们身后，默默地在心里安慰自己说，像这类蠢笨迟钝的动物，要不是生活在某个安宁和平的岛屿上，肯定早就被人类杀光了；要是一个地方能让海牛安心生存，也一定能让海豹舒舒服服地过日子。

对于可提克来说，与海牛相伴的旅行真是枯燥乏味。太阳一下山，他们就会停下来进食；而且，他们只待在距离海岸很近的地方。海牛一天能前进的距离不超过四五十海里，无论可提克是在他们身边绕圈子，还是在他们头顶游来游去，或是在他们肚子底下催促，也没办法使他们多走一海里。到了北边之后，他们每隔几个小时就会停下来商讨一会儿，弄得可提克特别不耐烦，无聊得都快把自己的胡子咬下来了。不过后来，可提克发现他们是在追踪一股温暖的水流前进，这个奇异的新发现让他对他们肃然起敬。

就这样，可提克一直跟着海牛们前进。一天晚上，海牛们忽然纷纷扎进了波光粼粼的海水之中，像一块块石头一样飞快地向下坠，自可提克遇到他们以来，还从来没有见过他们以这么迅捷的速度游动过。可提克急忙跟上这群海牛，他甚至感到有些惊讶，因为他从来没有发现海牛竟然拥有如此高超的泳技。

他们朝着海岸边的一座悬崖游去，那是一座深深地扎入海水之中的悬崖，他们一直潜泳到悬崖底部，那里有一个黑得看不见尽头的洞穴。他们花了很长时间才穿过洞穴，可提克跟着他们游了很久很久，直到他觉得自己快要缺氧而亡了，才终于跟着海牛们到达了水面上。

“我的天呀！”可提克呼哧呼哧地喘着气，自言自语地说，“这趟潜泳虽然路程挺长，倒也值得。”

海牛们已经四下散开了，他们沿着一片可提克从未见过的洁净海滩排好队形，大口大口地吃着草。这里的岩石区绵延了数英里，一眼望不到边界，而且那些石块表面已经被风浪磨得光滑圆润，正适合作为海豹哺育宝宝的场所；岩石区之后是一大片柔软漂亮的沙滩，以一种恰到好处的角度倾斜着往内陆延伸；这里还有非常适合海豹跳舞的柔和的浪花，有能让海豹打滚的茂盛绿草，有海豹可以轻松爬上爬下的沙丘；最妙的是，可提克可以从海水的味道中感受到，这里从未有人类踏足，聪明的海豹绝不会判断错。

可提克做的第一项勘察工作，是搞清楚这里能否捕到大量的鱼，他沿着海滩巡游了一圈，数了数在这起伏流动的雾色之中，究竟隐藏着多少座时隐时现、低洼多沙的岛屿。北边适合出海的位置有一连串沙洲、浅滩和暗礁，所以任何船只都没有办法靠近这片海滩。

“这里可真是太完美了，”可提克说，“这些海牛肯定比我以为的要有智慧得多。就算附近有人出没，他们也没办法通过悬崖底下的隧道到这里来。要是海洋之中有真正称得上安全和平的地方，那一定就是这里。”

可提克已经开始想念诺瓦多拉的海豹们了，他归心似箭，迫不及待地想要回到家乡去，不过，在此之前，他还是仔仔细细地巡视了一遍这个岛屿，以便到时候回答海豹们提出的关于这个岛屿的所有问题。

接着，可提克潜入海中，探明崖底隧道的正确出口，便飞快地往南边游去。除了海牛们和这只白海豹，目前还没有其他海洋居民知道这世界上居然存在着这样一个无人知晓的安乐乡。可提克在海面上回过头，望着那座陡峭的悬崖，自己都很难想象，他居然曾经潜泳到这座悬崖的最底端。

虽然可提克游得并不慢，但还是花费了整整六天时间才回到家乡。当他的脑袋从海狮脖颈底下冒出水面的时候，看见的第一只海豹就是与他彻夜共舞的那只雌海豹。从可提克的眼神中，她读懂了，他终于找到了他心目中的岛屿。

但是，当可提克把自己的发现告诉父亲舍卡其和其他年轻海豹的时候，却收获了许多嘲笑。一只和他差不多年纪的海豹说："这些话听起来倒是挺不错的，可提克。但是你不能就这样神不知鬼不觉地从谁也不知道的地方冒出来，就这么命令我们跟你走。听着，我们曾经为自己的海豹领地战斗过，而你呢，你只会在海里东游西荡，从来也没有作过什么贡献。记好了，只有战斗过的海豹，才拥有话语权。"

"可是我没有哺育海豹的小窝，就没有战斗的必要呀。"可提克说，"我只是想带你们到一个安全的地方去，打架对于实现这个目标起不到任何作用。"

"哦，要是你想当一只缩头乌龟，我当然没有什么话好说啦。"那只年轻的海豹嬉皮笑脸，不怀好意地说。

"要是我跟你打一架，你就同意跟我一起走吗？"可提克问。两道绿幽幽的光芒从他的双眼中迸发出来，他被挤兑得不得不打一场架证明自己，心头怒火正盛。

"非常好！"那只年轻海豹满不在乎地说，"只要你跟我打，我一定奉陪。"他已经没有时间反悔了，话音刚落，可提克就冲了上来，把他的尖牙戳进了年轻海豹脖颈上油脂丰厚的嫩肉。接着，可提克朝后晃了晃，将对手拖到海滩上，使劲儿地甩动他的身体，把他打翻在地。接着，他对着海豹们咆哮起来：“为了你们大伙儿，我费尽心力才找到了一个安全的海岛，可要是不把你们的笨脑袋和蠢脖子拽得皮开肉绽，你们就不愿意相信我的话！现在，我就把你们挨个儿教训一顿，都给我小心点儿吧！”

可提克吼完，对着他能够看见的块头最大的一只海豹扑了过去，他一口咬住对方的喉咙，使对方连气都喘不上来。暴怒的可提克把这只海豹结结实实地修理了一顿，揍得对方屁滚尿流，大喊饶命；然后，他甩开了这只认输的海豹，又扑向了第二只，第三只。

要知道，可提克从来没有像其他成年海豹一样，每年有一段长达四个月忙于战斗、无暇好好进食的时光，而且他的身体也由于常年在海中漫游，保持得非常强壮，最妙的是，他还从来没有跟谁打过架。这么一来，当他真正生起气来的时候，怒气是非常惊人的。可提克眼中冒出了熊熊怒火，卷曲的白色鬃毛都气得竖了起来，加上那白森森的、亮闪闪的大牙，看上去真是神气活现、英勇异常。

可提克的父亲老舍卡其看着自己的儿子猛冲过来，把那些灰色的老海豹推过来、拽过去，就像是对待一群大比目鱼一样，而那些年轻的海豹全被他撞得东倒西歪、狼狈不堪。于是，老舍卡其大吼一声：“他或许是个小傻瓜，但他却是海滩上最勇猛顽强的战士！我的儿子，别和你的父亲交手，我可是站在你这边的！”可提克对父亲发出一声吼叫，作为回答。接着，老舍卡其便吹胡子瞪眼地发出一声震耳欲聋的怒吼，摇摇晃晃地加入了战局。这是一场了不起的战斗，父子俩齐心协力，把海豹群收拾了一顿，揍得没有一只海豹敢抬头。马佳和那只倾心于可提克的雌海豹退到一旁，欣赏着她们的男子汉战斗时的英姿。父子俩发出威武雄壮的吼叫，并肩在海滩上威严地来回踱步。

太阳已经落入海平线了。就在北极光刚刚在雾气中闪烁出光彩的时刻，可提克爬到一块光秃秃的岩石上，低头俯视着被战斗破坏得惨不忍睹的海豹居住地和这群被咬得伤痕累累、皮开肉绽的海豹。“瞧好了，”他说，“你们已经被我教训了一顿。”

“哎哟！”老舍卡其吃力地挺起腰来，他也被咬得浑身是伤。“即使是吃人的虎鲸也没办法把他们教育得这么狠呐！孩子，我可真为你感到骄傲，不单单是这样——我还要跟你一块儿到你所说的那个安乐岛上去——如果的确有这么一个地方的话。”

“那么，你们这些好吃懒做的‘海猪’呢？谁要跟我一起去海牛隧道？快说话呀，是苦头还没吃够吗？是不是要我再教训教训你们？”

一阵潮水拍打着海岸，呻吟声沿着长长的海滩此起彼伏地响起。“我们跟你去！”成千上万个筋疲力尽的声音回应着，“我们愿意跟随白海豹可提克。”

可提克松了一口气，把脑袋缩到肩膀上，骄傲而安稳地闭上了双眼。他不再是一只白海豹了，他的皮毛已经被伤口中流出的鲜血浸染成了红色，可是，他却对此不屑一顾，完全不关心自己身上的伤。

一周之后，可提克和他的海豹大军浩浩荡荡地朝着北方的海牛隧道出发了。可提克率领着将近一万只海豹踏上了旅途，而那些留在诺瓦多拉的海豹觉得他们都是一群痴人说梦的小笨蛋。到了第二年春天，他们在太平洋的捕鱼场上碰了面。可提克带领的那群海豹在海豹群中大肆宣传着海牛隧道尽头的安乐之乡是多么美丽而富饶，于是离开诺瓦多拉的海豹也一年比一年多了起来。

当然，事情并不是从一开始就这么顺利的，因为海豹们总是在盘算着，怎么做损失才会最小。不过，离开诺瓦多拉的海豹每年都在增加，他们离开卢卡隆，离开其他的哺育营地，前往那隐蔽又安宁的所在。每年夏天,可提克都会坐在海滩上,举目远眺。他一年比一年健壮，一年比一年高大了。那些年轻的小海豹们则聚集在他周围，在人类从未涉足过的海域无忧无虑地嬉闹玩耍。

再见，诺瓦多拉

在诺瓦多拉的沙滩上，
我年迈的伙伴还留在那里。
巨浪奔腾着拍上悬崖，
他们响亮的歌声盖过了海浪的轰鸣，
诺瓦多拉海湾响起海豹们的合唱。

日出而作，日落而息，
恬淡生活充满美好，
海草丰美，食物充足无忧虑，
诺瓦多拉海湾仍是一片祥和。

在诺瓦多拉的沙滩上，
我年迈的伙伴还留在那里。
船影婆娑，带来阴影无数，
枪声打破宁静，海豹们四处逃窜，
诺瓦多拉海湾失去了曾经的欢笑与歌声。

海豹的悲歌，震撼着灵魂，
在这无边的海域，响起最悲壮的旋律，
他们追随着白海豹，寻找生的希望，
诺瓦多拉海湾再无海豹的足迹。

爱神的箭

很久很久以前，在西姆拉有一位如花似玉的女郎，名叫姬蒂·蓓顿，她的父亲是一位正直无私、两袖清风的地区法院法官，她也是一位正派的姑娘。这位姑娘对于自己的魅力心知肚明，也很清楚该怎么善用自己的魅力。她的母亲就和这个世界上每一个尽职尽责的好母亲一样，为女儿的未来操碎了心。

要是说存在着这样的一个人，他是公务员，又是单身汉，有能力在自己的衣领上别着各式各样精工镶嵌的金银饰物，又有权力在出入任何场合时走在最前面——除非在场的人中有市参议员、总督或者代理总督之类的人物——那么，这个人确确实实是一个值得姑娘们托付终身的对象。至少，那些高贵的夫人太太们都是这么想的。在那个时候，西姆拉就有这么一位政府专员，他的穿着打扮、身份地位和我描述的相差无几，但他的相貌平平无奇——甚至有些丑陋——简直称得上是全亚洲最难看的人。如果在当地举行一场选丑比赛，他一定会排在前三名。无论谁在梦中瞧见他的面容，都会在醒来之后想把他雕刻在烟斗上。他的名字叫巴尔－萨格特·安东尼，在巴尔－萨格特后边还跟着六个字的高贵头衔，他是某某部的政府专员，可以称得上是印度政府部门中最出类拔萃的专员之一；而在社交方面，他就像个擅长奉承拍马的大猩猩。

当他开始向姬蒂大献殷勤的时候，我相信，蓓顿夫人一定会喜极而泣，她一定觉得这是上帝看在她年老的分上送来的厚礼。

对此，蓓顿先生也没有表示什么意见，他这个人为人非常随和。

政府专员全是财大气粗的人，他们的工资远远超过最贪心的人奢求的额度——那可是极高的一笔薪水，高得足以让市参议员以颜面尽失的方法去节约开支。绝大多数政府专员都很小气，但巴尔－萨格特是个例外。他经常大摆宴席、举办舞会，骑的是最上乘的骏马。不过，他的这些奢侈用度也完全合乎身份，谁让他在这里的确有权有势又有钱呢。

请注意了，我写的这一切，都是发生在英属印度时期。或许有人还记得，当可以在草地上拍打的网球出现之前，我们所有人都在玩槌球；在更早以前，槌球尚未发明的时候，射箭——1844年后，这种运动又在英国复兴了——就和现在的草地网球一样，成为一种时尚，一种潮流。人们故作高深地说着术语，什么“持剑”啊，“放箭”啊，“石柱”啊，“反射弓”啊，“五十六磅弓”“背手弓”以及“水松木弓”等，就像我们说什么“连续对打”“截击”“杀球”“回球”或者“十六网球拍”一样。

姬蒂的射箭技巧颇为高明，射程也超出了一般女性能够达到的平均距离——也就是六十码[1]，人们公认她是西姆拉最优秀的女射手，男

①1码约为0.914米。

士们称她为“塔拉德维的戴安娜”。

正如我所说的，巴尔－萨格特对姬蒂青睐有加，向她大献殷勤，令蓓顿夫人心里充满了希望，而姬蒂对这件事的看法，比她母亲要冷静许多。当然，被这样一位名字后头跟着六个字头衔的政府专员爱慕，是一件让人愉快的事，尽管这会让其他姑娘心生妒意。可是，巴尔－萨格特的样貌实在是丑陋得出奇——没有人能够否认这个事实，他费尽心思将自己打扮得光鲜气派，可是却适得其反，他的模样在精心打扮后看起来更加怪异了。人们给他取绰号叫“隆古尔”——也就是灰猩猩的意思——并不是无缘无故的。姬蒂认为，有这么一个人拜倒在自己的石榴裙下，的确叫人感到愉快，但是，如果能够躲开他，去和伍巴拉龙骑兵团那个潇洒不羁、风流浪荡的龙骑兵卡波一块儿骑马，那才更让人觉得愉快。龙骑兵卡波虽然没有财富、没有地位，却是个非常俊美的小伙子。姬蒂对卡波颇为欣赏，而卡波呢，他也从不掩饰自己对姬蒂的痴狂与迷恋，因为他一向是个实话实说的小伙子，他毫无保留地爱上了姬蒂。姬蒂并不喜欢巴尔－萨格特墨守成规的性格，于是，她经常避开巴尔－萨格特，转而与英俊有趣的卡波出去玩乐，这让她经常受到母亲的斥责。“但是，妈妈，”她辩解道，“萨格特先生实在是……实在是……难看得太惊人了！”

“亲爱的女儿，”蓓顿太太诚恳地说，“我们的相貌，不都是全能的上帝造出来的吗？那是完全没有办法改变的东西呀！再说了，你将来会过上比你的母亲还要体面高贵的生活呢，你明白吗？想想吧，这么想，你就知道该听我的话了。”

每当这个时候，姬蒂就会高高地扬起她那小巧的下巴，对地位呀，专员呀，婚姻呀，说出许多毫不客气的话来。而蓓顿先生通常只是揉揉自己的头顶，什么也不说，毕竟，他这个人为人非常随和。

这个季度就快要过去了，巴尔－萨格特觉得，时机已经成熟，于是便策划了一场比赛，这个策划证明他的确有能力把事情办好。他组织了一场女子射箭比赛，拿出了一只高雅精美的钻石手镯，作为获胜者的奖品。射箭比赛规定：参赛者要进行圣伦纳德轮射，依照西姆拉射箭协会的章程，每个射手要在六十码之外射出三十六箭。比赛的规则设定得十分巧妙，每个人都看出来了，这只手镯是萨格特先生打算送给姬蒂小姐的礼物，而姬蒂小姐如果接受了这份礼物，就相当于她接受了巴尔－萨格特专员的求婚。

由于西姆拉的全体居民都收到了观看邀请，比赛在阿南代尔举办，那里有一个足够宽敞的大检阅台。在那个地方，每棵雪杉树下都安置了一张布置精巧的桌子，方便大家享用茶点；那只精美的钻石手镯被单独陈设在一个蓝色天鹅绒匣子里，在阳光下熠熠生辉，看起来格外高贵，格外气派。在比赛当天，西姆拉全体居民都骑着马到阿南代尔来了，为的是观看这场结果与帕里斯的裁决[①]截然相反的比赛。姬蒂非常急于参加这场比赛，她很早就来到了比赛现场，甚至显得有些过分着急。她是和年轻的卡波并肩共骑到场的，可以很明显地看出卡波一脸愁容，满腹心事；看来，之后无论发生任何事情，都不该归罪于他。

---

① 帕里斯的裁决：古希腊神话故事，特洛伊王子帕里斯将金苹果给了爱神阿佛洛狄忒。

姬蒂面色苍白，坐立不安，她长时间地凝视着那只精美的手镯，久久没有移开视线。巴尔－萨格特看起来比姬蒂还要紧张，虽然他身着华服，但却比之前更加丑陋。

蓓顿夫人呢，她表现得就像是马上要当上一位政府专员的丈母娘那样，满面春风，趾高气扬。射箭比赛开始了，观众席的人围成了一个半圆形的圈子，看着参赛的女士们一个个出场射击。

没有什么比观看射箭比赛还要无聊的事情了，夫人们、小姐们一个个拿着弓箭，一射再射，射了又射，射个没完没了。虽然大家都尽显疲态，但直到太阳西沉也没有一个人离开。比赛场地吹起了晚风，箭矢破空的呼啸声依然没有停下。卡波站在观众席的左边，巴尔－萨格特则站在另一边。大家都在等待姬蒂摘取那顶胜利的桂冠。姬蒂是参赛选手名单上的最后一位射手，前面的选手分数都不高，看样子，那只钻石手镯和巴尔－萨格特专员，都将是她的囊中之物了。

专员亲自为姬蒂绷紧弓弦，殷勤地将弓箭递到她的手中。她上前一步，看了那只镯子一眼，毫不犹豫地张弓搭箭。第一箭分毫不差地射中了靶心的金色圆圈——她得到了九分，站在最左边的卡波脸色一下子白了。

巴尔－萨格特脸上露出了微笑，他觉得命运之神似乎还是偏向自己的。要知道，巴尔－萨格特的微笑可是能把马匹都吓得连连后退的。他的笑容落入了姬蒂眼中，于是她望向左边，对卡波极其轻微地点了点头，继续射箭。

接下来发生的事情，我拙劣的笔力难描绘其万分之一的精彩。因为，那可真是太不同寻常、太让人难以置信了。姬蒂为了让所有人都看清楚她的动作，不紧不慢地拉开了弓，从容不迫地搭上了箭。她是一个无可挑剔的女射手，操纵起四十六磅弓来真是轻车熟路、游刃有余。她小心地射出四箭，每一箭都射中了一根支撑靶子的木头支架；随后，她又射出一箭，这次射中了木头支架的顶端。每一位夫人、每一位小姐都开始忙着交流眼色，只见姬蒂又以靶子上最外圈的白色圆圈为目标，表演起花样来。她朝着白色圆圈射出五箭，每一箭只获得一分。姬蒂的箭术着实高超巧妙，可是，她本该用这出神入化的箭术去射中靶心的金圈，好赢得那只钻石手镯呀。巴尔－萨格特专员的脸色变得铁青，就像芹菜叶的颜色一样。这还不算完，姬蒂小姐又朝靶子上空射了两箭，朝靶子左侧射了两箭——她每射一箭，都保持着不紧不慢、从容不迫的动作和姿态。

观众席陷入了冰封一样的沉默之中，蓓顿夫人早就掏出了手帕擦着额头的冷汗。接下来，姬蒂又朝靶子前的地面射了好几箭，把箭都给射断了。为了证明自己如果想好好射箭，是能够射得极准的——姬蒂朝靶子上的红圈射了一箭，获得了七分。最后，在这场惊人的比赛收尾时，她又变着花样朝木头支架射出了几箭。

以下是她的得分：

姬蒂小姐：射中七箭，金，一箭；红，一箭；蓝，零箭；黑，零箭；白，五箭，共计二十一分。

从巴尔－萨格特伤心的样子看来，最后几箭似乎不是扎在靶子的支架腿上，而是深深地扎进了他的心里。一个个子矮小、满脸雀斑、塌鼻子的半大姑娘打破了这死一般的沉默，她发出了一声得胜者的尖叫："这下子是我胜出啦！"

蓓顿夫人虽然竭力维持自己的仪容，但还是忍不住在众人面前哭了出来。毕竟，这样巨大的失望，一个人不管经受了多么系统的训练，也是难以承受的。姬蒂松开了弓弦，弓弦发出了"嘣"的一声，随后姬蒂回到了自己的座位上。这个时候，巴尔－萨格特正装出一副高兴的模样，将钻石手镯戴在那个塌鼻子姑娘粗壮的手腕上。这场面可真是太叫人难堪了——简直可以说是难堪到了极点。所有人都一哄而散，急急忙忙地离开了现场，留下让蓓顿夫人收拾她女儿的空间。但是，卡波早已将她带走了，然后——之后发生的事，就没什么好说的了。这位勇敢的姑娘选择站在了自己那边，而不是将自己放在名利场任人宰割。

只有葆有善良而真诚的心，才能够给自己带来好运气。

柴堆旁的男孩

女孩和男孩们出来玩耍，
夜晚犹如白昼，月光朗朗！
离开餐桌，离开被窝，
在街上和小伙伴们巡游！
爬上梯子，再爬下墙头——①

一个年仅三岁的小男孩从自己的婴儿床上猛然坐起来。他紧握着拳头大声尖叫，满眼恐惧。起初，并没有人听到他的尖叫声，因为婴儿床位于西侧的小房间，而他的奶妈正在月桂树林与一个园丁闲聊。后来，一向瞧奶妈不顺眼的女管家从房门口经过，听到尖叫声后就急忙进去安慰这个被她视为心肝宝贝的小男孩。

“出什么事啦？出什么事啦？亲爱的小乔吉胆子一向很大，应该

---

①被收录在约翰·纽伯瑞于1744年编撰出版的《美丽小书》中的一首童谣，该童谣创作于孩童们在白天需要工作，夜晚才能出门玩耍的时代。

没有什么事情能吓到你呀！”

“那里有一个……有一个警察！就在那片开阔的高地上……我看到他了！他走进来了，珍说他会走进来的。”

“我的小宝贝，警察是不会跑到你的屋子里来的。没事的，如果你害怕就握着我的手吧。”

“可我看见他了，就在那片开阔的高地上……他就要到这里来了，赫珀，把你的手给我吧。”

小男孩的啜泣渐渐停息，房间里传出了均匀绵长的呼吸声。女管家知道，小男孩又睡着了，于是她蹑手蹑脚地离开了婴儿房。

“珍，刚才你对小少爷胡说了什么，什么警察的事？”

“我可什么也没有对他说呀。”

“这怎么可能呢，他一直说有一个警察走进他房间的事情。”

“今天早上，我乘坐驴车的时候，见到了迪斯多，有可能是因为这事。就是在汤赫德那儿遇见的。”

“哎哟喂！千万别再用你那些荒唐可怕的故事去吓唬什么也不懂的少爷了。要是再让我发现一次……”

转眼间，小乔吉就长到了六岁，此刻他正躺在被窝里思考着某个故事的进展。最近，他经常为自己编故事，这是一个独属于他自己的秘密。一个月前的某天晚上，母亲给他讲了一个王子杀死巨龙的睡前故事，但母亲没有讲完故事就离开了。那晚，乔吉突然发现自己有一种奇异的能力，那就是未完的故事情节会从他的脑袋里自己冒出来，那些冒出来的故事他闻所未闻，令他感到十分新奇。从那以后，乔吉就时常幻想自己变成故事中的王子、执政官、大杀手……诸如此类的人物。乔吉不打算把这件事告诉任何人，他觉得会招致他人的嘲笑。

渐渐地，乔吉脑海中的故事情节开始与他的梦境融合，在梦里，有那么多惊心动魄的冒险之旅，以至他连其中的一半都记不住。故事总是以同一种方式展开，换句话说，故事总是在同一个地方发生，这是乔吉根据小夜灯映照在墙上的影子判断的——那个地方在海滨的一堆柴边。每一次梦境的开端，乔吉都在柴堆旁与一群小孩比赛跑步。待赛跑结束之后，站在柴堆旁可以看到一些开往陆地的船只或一座围着青色栏杆的花园，船只的航道和花园的栏杆都像是用硬纸壳做成的，碰一下就会变得软绵绵的，随后纷纷倒在地上。乔吉牢记着一件事，那就是这些只不过是梦境，它们会在几秒钟之后烟消云散，周围的一切又会回归真实。

乔吉无法逃出被成年人布置得满满当当的屋子，所以幻想与梦境就是他对此最好的复仇。他现在正坐在门槛上痛苦地背着乘法表，虽然他只学到了四六二十四，但他也尝试着从头背到尾。

在乔吉脑海中的故事里，有一位美丽脱俗的公主，她的形象源于《格林童话》里的插图。公主总是站在巨龙和水牛的包围圈中，赞美着乔吉的勇气与英姿。乔吉搜肠刮肚，用他这辈子听过最动人的两个名字——安妮和路易丝——来称呼她，他称她为“安妮尔路易丝”。

当故事在梦境中上演的时候，安妮尔路易丝就会变成柴堆旁的小女孩当中的一员，但是，她仍旧保留着高贵的头衔和王冠。有一次，她站在水边，看着乔吉被梦中的海水淹没（前一天奶娘正好把他带到真正的大海中洗了个澡）。乔吉缓缓沉入水中，这个时候，他说了一句话："可怜的安妮尔路易丝！她一定会为我的遭遇悲痛不已！"可是，此时此刻，安妮尔路易丝就在岸上漫步，她的脚边有嘎嘎乱叫的小鸭子。一个清醒的人，一定能够体会到这幅场景中的不合常理之处，乔吉不仅没有被海水吓到，反而被鸭子嘎嘎的叫声治愈了。随后海底陡然升高，乔吉脚下踩着两个十二寸高的花盆，蹚着水走了出来。他觉得这一切都不可思议，心里充满了得意。

七岁的时候，乔吉被那些他一直在忍耐着的大人带到了一个地方，这个地方被称为"访问中的牛津[①]"。这里的建筑高大雄伟，草原广袤无垠，长街一眼看不到尽头。最重要的是，乔吉知道这里有一个地方，被称为"食品室"。顾名思义，那里存放着许多让人喜爱的、具有丰富油脂的食物，他迫不及待地想要进去瞧一瞧。奶妈带着他穿过一道石拱门，来到一位身材肥壮的男士面前。这位男士询问乔吉是不是希望得到一些好吃的面包和奶酪，乔吉的回答证实了这位男士的猜测非常正确。

乔吉喜欢吃东西，他的小嘴总是一刻不停地咀嚼着，因此，从"食品室"中得来的一切食物都进了他的小肚子。本来，他还试图把一些被称为"查账日啤酒[②]"的棕褐色饮品带走，可是奶妈阻止了他，并把他带到了佩波尔的午后幻象表演现场。那可真是一场令人毛骨悚然的

---

①这可能是根据吉卜林本人的真实访问经历写的。

②一种在英国剑桥、牛津大学等地酿造出来，供查账日饮用的饮料。

表演，人的脑袋从脖子上掉下来，在舞台上到处乱滚；骷髅的骨头一根接一根地跳着舞；而佩波尔先生则晃荡着长袍，挥舞着手臂，以低沉的男低音讲述着自己不为人知的痛苦经历。

乔吉还从未听过男人唱歌，虽然佩波尔先生长相不佳，但他是第一位在乔吉面前唱歌的男人。几个大人尝试着向乔吉解释，这些表演都是用镜子塑造出来的幻象，并不是真实发生的事情，让乔吉不要太过害怕。乔吉听不懂什么叫作幻象，不过他明白什么叫镜子，那是放在母亲的梳妆台上、一件有着象牙把手、能够映照出事物的东西。这些大人的解释在乔吉听来，只不过是依照“成年人的惯例”在说三道四罢了，乔吉对他们的喋喋不休充耳不闻，只顾东张西望，在一幕幕表演之间为自己寻找些许乐趣。

坐在乔吉身边的是一位穿着黑色衣服的小姑娘，就像是《爱丽丝梦游仙境》中的爱丽丝一样——这本书是去年乔吉过生日的时候收到的生日礼物。乔吉望着这个小姑娘，小姑娘也望着他，两人相顾无言，似乎在这个时候本就不需要说任何一句话。

“我的拇指受伤了，”乔吉打破了沉默。他手指上的伤口是一个狰狞的三角形伤痕，是他真正意义上拥有的第一把小刀划出的第一道“杰作”，对于乔吉来说，这道伤口此时此刻就是他最珍贵的宝物。

“多让人心疼呀！”小姑娘大着舌头，有些口齿不清地说，“让我瞧一瞧，可以吗？”

“上面敷了一层黑乎乎的药膏，但是，伤口里面还是很痛。”乔吉同意了她的请求，向她补充道。

“是不是很痛？”小姑娘那双好看的灰眸里充满了关切与同情。

“痛得要命。我真害怕自己会因此患上牙关紧闭症[①]。”

“这伤口看起来真可怕啊，可真让人心疼！”小姑娘说着，把自己的手搭在乔吉手上,她歪着头去瞧那伤口,试图仔仔细细地看个清楚。

这时，奶妈转过身，猛烈地摇晃着乔吉，说：“乔吉少爷，你可别跟奇奇怪怪的小丫头片子说话！”

“她才不是什么奇奇怪怪的小丫头片子呢，她是一个很好的人。我喜欢她，我正在向她展示我的新伤口。”

“我的天哪！你给我坐到我的座位上来。”

乔吉不得已与奶妈交换了座位，如此一来，他就看不到那个小姑娘了，而那些坐在他身后的大人在这个时候又开始没完没了地解释着眼前的表演。

“我完全不觉得害怕，我说的是真的。”乔吉有气无力地解释着，有些绝望地在座位上扭来扭去，“大下午的，你们为什么不能安静一些或者睡觉呢？奥利尔的院长在这种情况下都会睡着呢。”

乔吉曾经被家人介绍给奥利尔院长认识，这位院长在乔吉在场的情况下失礼地睡着了，而且也完全没有为此道歉。乔吉隐约明白他是牛津大学举足轻重的大人物，因此他努力地在院长激情讲解自身功绩的时候说些恭维的话。可是，奥利尔院长似乎不吃这一套。

佩波尔先生又开始唱歌了，他的声音是如此低沉浑厚、悠扬动听。乔吉快乐地向后一倒，悄无声息地倒在了自己的椅背上，炽热鲜红的

---

①由破伤风引起的急性感染，会导致骨骼肌间歇性、强直性痉挛和咬肌痉挛，故得名“牙关紧闭症”。

火焰、朦胧如粼粼波光的长袍和那位对他的伤口无比关切的小姑娘全都融在了一起。表演结束的时候，小姑娘对乔吉点了点头以示礼貌。直到上床睡觉的时候，乔吉都保持着沉默，他什么都不需要说，只是不断地在脑子里回忆那些光怪陆离的颜色、灯光、音乐和声响，以及其余他能够理解的事物。小姑娘那口齿不清的询问和佩波尔先生悲伤低沉的声线，在他的脑海中融合在一起了。

那天夜里，乔吉为自己编织出了一个新的故事，在这个故事中，他厚着脸皮将那个有着一头长发的莴苣姑娘从《格林童话》中剔除出去，让安妮尔路易丝取而代之。把她放入《格林童话》中，是那么的恰当，那么的合适。当乔吉来到柴堆旁的时候，安妮尔路易丝就等在那里，她的头发从前额往后梳，显得比往常更像《爱丽丝梦游仙境》中的爱丽丝，新的赛跑比赛和梦中的奇幻冒险，也悄然展开。

在英国公学读书的十年里，乔吉几乎没有再做梦。他长大了，越发高大健壮，得到了许多学费账单之外的东西——学校里每周会举办四到五次橄榄球、板球比赛或撒纸屑追踪游戏[①]，要是哪个男孩不愿意参与，就会受到惩罚，而且这规则完全不违法。乔吉现在是一个三年级当值新生[②]，他还是一支小型橄榄球队的前卫，总是穿着一件领子皱巴巴的衣服，戴着一顶满是灰尘的帽子。一年后他又成了一名四年级学生，度过了一年平静无波的生活——乔吉成了橄榄球队的正式队员，得到了配有两个助手的书房，他开始期待着成为级长。乔吉升入五年

①一个人扮成兔子，挥撒纸屑，另外的人扮成猎狗追赶此人的游戏。

②英国公学中低年级学生要给高年级学生跑腿办事，一般只有班长或六年级以上的学生才会配有当值新生。

级时，他担任了学生会主席和橄榄球校队队长两个职务，成为所有人眼中的天之骄子。他是学院里所有孩子的榜样，要负责和助手一起维持七十个十二岁到十七岁男孩的秩序。当男孩们和好友或伙伴发生争吵时，最终做出公正裁决的人总是乔吉。当乔吉穿着黑色的运动衫、白色的灯笼裤和橄榄球队队服配备的运动袜，戴着他那顶陈旧的帽子，胳膊底下夹着一个崭新的比赛用球走进房间的时候，低年级的新生总会站开一些，表示对他的尊重；而球队里的新手们总会刻意地寻找话题与他交谈，恨不得全世界都看见自己能与风云人物说上话。

乔吉每天在球队里忙些什么，并没有人在意，但学生们都很崇拜他。有一次，整个学校的学生都在持续地呐喊着他的名字；有上百次，女孩子们来看比赛只是为了见他——乔吉队长——“那可是乔吉呀！”总而言之，乔吉所代表、所展现的，是一种名为校风的东西，很少有人会去猜想这类男孩子在工作中到底有多大的参与度和热情。

乔吉的家乡在很远的地方，那里有矮种马和许多男性宾客，虽然乔吉能常常去钓鱼打猎，但是个人计划总会受到客人的干扰。学校对乔吉而言是一个自由的世界，这里发生着许多重要的事情，也有各种各样的危机，需要他保持冷静，果敢地进行处理。“让执政官专注在政治上，国家政体才能不受损害[①]。”这句格言的出现并不是没有原因。乔吉很高兴自己能够在假期结束之后回到权力中心。他那聪明而温和的校长隐身于他身后，以一种不远不近的距离对他处理的事情进行不多不少的干涉，更多时候校长是以一种带暗示性的语言教导他做事。

---

①罗马元老院的最终决议，出自西塞罗的《为米罗辩护》。

校长时而建议他运用毒蛇一般的智慧，时而鼓励他使用鸽子那样温和的手段。校长引导着乔吉懂得男人和男孩是一个怎样的群体，教会了乔吉在掌控一个人的同时如何掌控住另一个人。

学校并不鼓励学生沉浸于自己的喜怒哀乐之中，而是更强调遵守规则，避免错误。他们鼓励学生参军，那些地方没有薪资高昂的教师对学生进行填鸭式教育，也不会让这些年轻又充满活力的孩子在压力下学习。乔吉现在所走的道路是这个学校往届数百个学生走过的。校长对他进行了六个月的教育和改造，教会他如何用得体的应答讨不同类型主考官的欢心，并把他带进了最优秀的教学机构——桑赫斯特[①]。乔吉觉得，自己在这个地方又成了一个三年级新生，他对长官表现出了恰如其分的尊重，后来受到尊重的人成了他自己。他被提升为下士，负责管理形形色色带有种种恶习的男人。乔吉收获了一连串奖杯，以及一把表彰他优秀表现的佩剑，多年后，他在女王的委任下成了一级步兵团的中尉（英国部队军官收到的每一份委任书都会由女王陛下签字）。他并不知道自己已经成了学校和学院里的金字招牌，在日常生活中，他平心静气地接受了自己的转变，不再锋芒毕露。他拥有许多财富，他在公学的教育经历已经转化为脸上挂着的完美面具，在军队的训练中，他学会了眼观四路、耳听八方、闭紧嘴巴。

依照惯例，他被调派到印度工作。在那里，他品尝到了彻头彻尾的孤独与寂寞——分配给他的只有一间小房子和一个小小的行李箱。他在一片混乱之中开始全新的生活。这片土地上有许多马匹——

---

①英国皇家陆军军官学校所在地。

而且是价格合理的矮种马，也有他的收入能够负担得起的马球比赛。乔吉对自己的前途有些忧虑，但并没有陷入绝望。他逐渐明白了，在印度做一名中尉，与大多数在战争时期入伍的士兵没什么两样，作为一个男人，他必须学会如何行事。这个新“学校”的一位少校副官对他的这个想法表现了极为热忱的支持，他和乔吉一起将整个图书馆的军事著作收集起来，整夜整夜地阅读、探讨、争论。这位副官总喜欢说着那句永不过时的老话：“去理解你的部下，年轻人，如此一来，他们会愿意为你上刀山、下火海，这就是你要做的一切——理解你的部下。”

乔吉对板球和军队内的团体活动了如指掌，但是从未去思考过这些事情的精神内核与本质。直到有一天，他被派去与一支二十人的小分队一起救灾，他们坐在一座泥泞的碉堡中休息——边上是一条湍急的长河，河上的浮桥由一只只小舟组成。在洪水来临的时候，他们得顺着河岸蹚进水中，寻找那些漂散得七零八落的浮舟。除此之外，他们无所事事，男人们聚在一起的时候只知道赌博、吵架或者喝酒。这支队伍死气沉沉，乔吉竭尽全力忍耐这群家伙，处理他们弄出来的骚乱。依照惯例，一个菜鸟中尉总是会分配到最糟糕的大兵，于是他送给这二十个人每人一副拳击手套。

“要是你们知道该如何使用自己的双手的话，那么我不会怪罪任何人。”他说，“但现在很显然，你们并不知道。戴上这玩意儿，让我来示范给你们看。”经过努力示范，乔吉终于获得了这群人的认可和感恩。这下子，他们不会对某个同伴进行辱骂或批评了，更不会再对谁进行死亡威胁，他们会各自进行一些令人精疲力竭的体力运动，直到情绪平复下来。乔吉现在被打得只有一只眼睛能睁开，嘴角还流着血。有一个士兵对他说：“长官，刚开始我们都和你一样戴上拳击手套互搏，二十分钟后我们并没觉得拳击运动对我们有什么正面作用，当我们脱下拳击手套再次进行互搏后，才发现这个方法真的有用，我们并不是在打架，只是在完成一个约定，我们已经知道了如何使用自己的双手。”

乔吉不敢笑话他们，只好邀请他的士兵们去做其他运动，例如穿着整齐干净的衬衫和马裤沿着小道进行穿越乡村的赛马比赛，或者是在夜里用木棍进行击剑比赛。当地人对这些人进行的各种各样的运动都感到好奇，他们派了一位使者前去挑战。这位使者抓住士兵们的后颈，将他们扔到地上。这个游戏很快就传遍了司令部，所有人都跑来尝试。他们甚至愿意付钱去学习新的抓握手法和落地姿势，这种开销比购买那些令人满腹狐疑的商品要让人乐意得多。在赛场边上，农夫们会围在一起观看长达五个回合的比拼，然后因为比赛结果而哈哈大笑。

后来这个小分队乘着牛车，以每天三十英里的速度回到了总部，这是一支行事公平、英姿勃勃的队伍，既没有病号，也没有囚犯，更没有悬而未决的军事纠纷。小分队解散后，大兵们各自回到自己的朋友之间，歌颂着他们英明又年轻的中尉。

“你是怎么做到的，年轻人？”副官询问。

“我只是将他们身上的一些肌肉消耗掉，再给他们补充一些新的，这其实更像是玩游戏。”

“如果这就是你管理他们的方式，我们可以把你想要的游戏都分配给你。年轻的戴维斯是下一个要去带领分遣队的人，但他似乎觉得自己无法胜任，你愿意代替他去吗？”

“你确定他不会为此介怀吗？你知道我不想让自己晋升得太快。”

“戴维斯那边，你不必顾虑。我们会把军团里所有‘扶不上墙的烂泥’都分配给你，看看你能够做出些什么成绩来，让我们眼前一亮。”

“好吧，”乔吉说，“这总比在军营里无所事事地乱逛要有意义。”

“可怕的家伙，”当乔吉领着二十个比第一支小分队更叫人害怕的家伙回到军营的时候，副官这么感慨道，“要是大家知道乔吉有这两下子，驻地里半数的女人都会对他青睐有加啦——好好教育他们——让那些菜鸟都学着点儿。”

“就像埃尔利夫人抱怨的一样，”一名中校说，“我让新来的漂亮小伙子工作得太辛苦了。”

“啊，这倒是真的。那位夫人还问‘乔吉晚上为什么没有出现在演奏台上？’她还说想让乔吉加入她们的三人小队，过几天跟哈蒙家的姑娘们打网球。”副官说着，抽了抽鼻子表示轻蔑，“你瞧，年轻的戴维斯让自己出了一个多大的洋相，乔吉可是披着小绵羊皮的大尾巴狼，他可以一口就把戴维斯给吃了！”

“无论是白种人还是黑人，没人会因为年轻的乔吉追求女人而对他进行控诉的。”少校若有所思地说，“不过，乔吉最后一定会在情场上栽大跟头。”

“乔吉绝不会的。我偶然碰到过他的小分队名单上的一个人——他叫英格尔司，现在已经被派到南非去了。他在训练中无比刻苦，现在已经体壮如牛，健康得像是永远不会倒下一样。想想吧，乔吉到底是怎么把他的小分队训练成这样的。”

六个星期以后，乔吉回来了，带着自己的新生们步行归来。他从来没有说过自己是如何把他们培养成这个样子的，但是在军士和勤务兵这些家伙中间，乔吉的故事四处流传，上校也只能从中得知零星的片段。

第一小分队和第二小分队彼此存在着戒备心，但是，对于乔吉，他们都心怀崇拜，他们深知不能给乔吉添麻烦，所以两个小分队都默契地遵循着这条处事原则。而对那些不被众人爱戴敬仰的军官，他们就会疯狂地给人家制造麻烦。

和在学校里的时候一样，乔吉很少主动接受大家的崇拜和追捧，但奇怪的是，他反而因此更受欢迎了。他办事公正，绝不偏心——就连军队里那个邋里邋遢的家伙，在一场板球赛的最后一分钟，以一个出乎意料的四十三分让自己的连队扭转败局的时候，乔吉也没有做出任何特殊的表示。很少有人能够把他骗到，因为他似乎本能地明白在什么地点、什么时间可以碰上并拦下那些装病逃班的家伙。同时，他也会仔细分析一个睡眼惺忪、闷闷不乐的老油条和一个不知所措、战战兢兢的菜鸟之间的微妙差别。中士们把这些事情看在眼里，他们甚至告诉乔吉，应当向那些年轻军官隐瞒什么类型的秘密。乔吉说过的话常常在小卖部里和下午茶时被大家当成名言警句进行引用，当乔吉在早晨依例询问众人是否有“任何不满”的时候，就连军团里那个总是大张旗鼓地状告其他女人没有按照安排好的顺序使用炉灶的泼辣妇人也老老实实地闭着嘴巴。

“我当然也有一大堆事情要抱怨，”下士莫里森的夫人说，“欧·哈洛仑那个笨女人迟早会被我收拾一顿。不过，你也清楚这是怎么一回事。早上乔吉将脑袋探进屋子里四处张望，那小模样儿是如此的腼腆羞怯，又轻声细语地询问你说‘有什么不满吗？’听了这样温柔的询问，你根本就没法子把那些抱怨给说出来呀。我简直想重重地亲他一口。来的某一天，我一定要这么做，嘿！将来某个女孩儿会成为得到这个纯真军官的幸运儿，快瞧瞧他吧，姑娘们，免得你们因为错过良人而责怪我。”

乔吉慢跑着来到了马球场，轻而易举地让自己的矮种马完成了好几个弓背跳跃，展现出了令人赞叹的男子汉气概；接着，马儿轻巧地越过了一道低矮的泥墙，来到了球场上。那天在场的姑娘投向乔吉的火热目光比莫里森夫人看到的更多，但是乔吉那天恰好忙得焦头烂额，根本没有在意自己的网球在球场上是如何在女人的脚下被毁掉的。在一个漫长而乏味的午后，他对自己的少校解释说，这些事就像是没用的废话，毫无意义，少校听得哈哈大笑。

这天夜里，乔吉扎扎实实地睡了一觉，做了各式各样、五光十色的美梦。下一个炎热季节到来的时候，乔吉留意到了自己梦境的不同寻常之处。某一个梦会在一个月里重复两到三次，有几个梦会组成一个连续的故事。他发现自己会在梦境中沿着同一条路不断前进，直到自己彻底地坠入梦乡——这条路沿着海岸向远方延伸，不知道通往何方；岸边有一个柴堆,另一边则是一片汪洋。大海时而潮起,时而潮落，但他心里很清楚，这与他小时候梦到的是同一片海洋。沿着这条路向前走，他会路过一处被荒草覆盖的山坡，接着是一处奇异的山谷。从那山谷中远远望去，可以看见山顶矗立着一根明亮的灯柱，在这片土地上，无论发生什么奇特的事情都是有可能的。奇怪的是，这条路他似曾相识，他一直走到灯柱的位置，那种无比熟悉的感觉也没有消失，这种感觉，就像他对阅兵场的熟悉感一样。

渐渐地，乔吉开始渴望来到那个地方，因为每当他走到灯柱所在的位置，就会一觉睡到大天亮。而印度的炎热气候真的让人觉得非常煎熬，难以入睡。乔吉会先闭上双眼，感受面前出现的那一片朦胧的影子，影子中渐渐显现出柴堆的轮廓；接着，浮现在眼前的就是海滨小路的白沙滩了，这白色的沙滩看起来就像是悬浮于黑色的海洋之上一样；最后，他转向陆地，沿着坡地向上走，就会来到那根独一无二的灯柱旁。当乔吉因为各式各样的原因觉得焦躁不安的时候，他就会提醒自己思考到达那个地方的方式——他确信百分之百能够到达那里的方式——只要闭上眼睛，让自己的脑海不受意识束缚，不被那些乱七八糟的事物占满，这事就成了。

可是，在一天夜里，经历了一场极为无聊又无比艰辛的马球比赛后，即使乔吉绞尽脑汁，努力地在脑海中构筑那条道路的模样——那条通往甜蜜梦乡的道路——还是没有办法入睡。最后，乔吉终于看到了熟悉的柴堆，他急忙赶往灯柱所在的山上，因为他知道，自己身后抛下的是酷热难熬、真实清醒的现实世界。他一路畅通无阻，平安地来到了灯柱所在的位置，一阵强烈的困意向他袭来，他还没有冲进那片光线昏暗的山谷，就看到了一位警察——就是那种最普通的乡村警察——忽然出现在他面前，把手放在他的肩膀上。这一举动令他心里无比恐惧——即使是在梦里，那种恐惧感也让他感到窒息——警察用那种梦中人特有的可怕语调，一字一顿地告诉他："我是从沉睡之城来的白昼警察，你得跟我走一趟。"乔吉心里很清楚，他说的完全全是真的——他身后的那片山谷之上，点缀着的就是沉睡之城的灯光，而现在，这个警察在这个地方拥有的是至高无上的权力和威严，乔吉很快就被赶回了那个令人痛苦、让人清醒的现实世界。他发觉自己正望着映照在墙上的月光，整个人因恐惧而大汗淋漓。这种恐惧是他从来没有战胜过的。在这段炎热的日子里，乔吉见了那位白昼警察好几次，每一次他的出现都意味着乔吉将会有一个夜不能寐、煎熬难过的夜晚。

不过，乔吉的其他梦境——那些朦胧不清、难以理解的梦境——给他带来了一种难以用语言表述的快乐。那些残留于他记忆中的故事，总是在柴堆旁发生。例如，他发现海滨小道上有一条带着小巧的发条装置的汽船，他在以往的很多个夜晚见到过这条船。当他踏入船舱时，小船便会以无比迅捷的速度带着他在毫无波澜的海面上移动。这是一件令人心旷神怡的事情，令他感觉自己是在探索某种伟大而广博的事物。

一座精巧的睡莲石雕拦住了小船的去路，于是小船自然而然地随波逐流起来。乔吉看到睡莲上有一个小小的铭牌，上面写着“香港”两个字，于是乔吉说道：“不错！这正是我想象中的香港的模样，看起来是多么壮丽，多么繁华呀！”而在船只停下的那处海域的几千英里之外，还有另一座睡莲石雕，上面的铭牌写着的是“爪哇岛”。这一次，乔吉简直称得上是欣喜若狂，因为他知道自己已经到了世界的尽头。可是小船还在不停地漂啊，漂啊，直到一座深深的船闸拦住了它。船闸上的芦苇呈拱形分布，有一个人在那里漫步——乔吉很清楚，这就是那个他曾经在世界的尽头碰上的人。这里的一切都是如此地合乎他的心意。他感到一阵无与伦比的满足与幸福，于是他赶紧跃过船舷，试图追上那个人。当他的脚踏上水面的时候，响起了一阵类似地图展开时发出的沙沙声，水面发生了变化，变成了地球的第六象限①，这是超出人类所能想象到的事物之外的地方——在这个地方，岛屿呈现出鲜艳的黄色和蓝色，岛屿的名字被手写字体刻在岛的表面。这些岛屿存在于未知的海域，而乔吉早已迫不及待地想要穿过这片地图，去往他有所了解的地方。他不断地警告自己，匆匆行事太过鲁莽，一点儿也不明智，可是他心里还是急得要命。一座座岛屿从他脚下不断地滑过，海峡开裂扩张。后来，乔吉发现自己在第四象限迷了路，可他也不太急着回去。

可是，就在不远处，他能够看见自己原本所在的世界。那里有山川，有河流，有峡谷，这些地方全都根据桑赫斯特制图法一一标记着名字。而那个引他来到睡莲船闸——这就是这片奇异领域的名

①想象中的一个地方，不存在于真实世界。

字——的陌生人，在地图上跑向了那些神秘的领域，指引他跟随自己。他们牵着手，并肩奔跑，直到来到一条小道上。这条路位于悬崖的最边缘，从山中隧道横穿而过。“这条路通往我们的柴堆。”这个同伴告诉他。于是，乔吉所有的担忧和怀疑都一扫而空了，他明白自己现在正在三十英里跑马道上。他骑上自己的矮种马，飞驰向前，穿过盘山小路，一路向下而去，直到他听到海浪拍打水岸的声音从左侧传来，看到银色的月光照耀着波光粼粼的水面。这条路崎岖难行，但他对这里的地形了如指掌，他还记得那通往内陆的深紫色土地和风中摇曳作响的苇草。因为风吹日晒，有些地方的道路已经难以分辨了，黑色的海浪汹涌地冲击着乔吉，可是他却非常确信，这片汪洋比陆地上的“他们”——无论“他们”是什么人——都更加安全。他也非常清楚，等到自己到达那片有着灯柱的高地，一切危险都会消失。一切就按照他所期待的那样发展着——乔吉已经看到那柔和而明亮的灯光了。他下了马，右转后来到柴堆旁，发觉那条小小的汽船已经自己回到了岸边，接下来——他一定是睡得非常沉，因为他已经不记得后来发生了些什么。

“不过我掌握了那里的地形，”乔吉在第二天刮胡子的时候，这么告诉自己，“我一定在梦里规划了一整张地图，走着瞧吧！三十英里跑马道，我究竟是怎么知道那条小路叫这个名字的呢？”乔吉一边说，一边纳闷地想，“那条路和灯柱矗立的高地是相连的，而那个在地图册上标注的地方就在三十英里跑马道的另一头，通往山脉，通往隧道右边某个很遥远的地方。这些梦可真是太奇妙了！”

光阴流转，季节变迁，乔吉就这样坚定地走自己的路，按自己的想法生活、工作。军团转移到了另一个驻扎地，他体验了两个月的行军生活，途中也享受了许多次有趣的狩猎活动。当他们到达新的驻扎地的时候，乔吉已经成了当地骑猎野猪俱乐部的成员。他可以手握短矛，骑在马背上追猎那些体格健壮、性情凶猛的野猪。乔吉在那里见识到了彭奇城的印度鲃和形如鲱鱼的大海鲢，而那些可以把成群的鱼类捞上岸的人，就可以称为渔夫。种种新奇的体验对他而言都充满了新鲜感，乔吉在这里过得非常愉快，他觉得，这种生活就像是用短矛猎到大型猛兽一样令人向往，他至今还记得自己是如何坐在猎到的第一头老虎肚子上，拍下照片，并把照片拿给自己的妈妈看的。

后来，上校副官升了职，乔吉由衷地为他感到高兴，因为这位副官是他非常敬仰的上级。同时，他也有些好奇，究竟是谁会来填补副官的职位呢？当这个职位砸到自己头上的时候，他简直要激动坏了。上校对他说了一些安抚的话语，这让他为自己的情绪过于表露感到有些羞愧，连脸都羞红了。其实，副官的职位和学校的学生会主席并没有多少差别，至少不是本质上的差别，而乔吉和上校之间的关系，就和从前在学校里与校长的关系一样，完全没有区别。只是，这里的天气实在是炎热难熬，人的情绪变得比较容易暴躁，那些曾经说过的话、曾经做过的事情，对他来说都变成了充满压力的考验。那些懒惰无能的人对于他仕途顺利而感到愤愤不平，而那些意志不坚的人则总是尝试着把他从公平公正的领域拉入堕落的泥潭，至于那些目光短浅的人——也就是乔吉认为永远不会去挑战“没有人做得到的事情”的人——则采取了更加低劣、更加卑鄙的手段排挤乔吉，乔吉从来没有想过有人竟然会有这么肮脏的手段。

不公正的排挤让乔吉感到难过，但是在阅兵中，他得到了安慰——整个连队都在他的俯视之下，很少有士兵会因伤病住院或者因陷入困境而缺席，对他而言，这是很值得欣慰的。不过，他还是希望知道自己什么时候有机会去训练一支他喜爱和愿意操心的队伍。

但是，军团需要像他这样的男子汉在白天里一刻不停地忙于工作，有时连晚上也得加好几个小时的班。这事说来也怪，虽然军团的事物与他的生活息息相关，但他从来没有梦到过军团。当自己的思想从白天繁重的工作中被解放出来的时候，也就是他停止工作的时候，要是能够顺利入睡，梦境总会把他引领到那条海滨小道上去，小道一直延伸到灯柱旁。这是一个一再重复的梦境，虽然具体的情节会发生变化，但一直都发生在同一片大陆上，他管这个地方叫"迷失的大陆"。有时候，他还是会碰到那位可怕的白昼警察。当他第二次回到迷失的大陆上的时候，他被困在无限接近地球核心的、深不见底的矿井之中，这里有许多人在绝望地唱着歌，那充满痛苦和悲伤的歌声就在深深的地下回荡。他心里很清楚，如果自己在那里耐心等待，就会遇上那个来自睡莲船闸的伙伴，那个人一定会来帮助他。乔吉的想法是正确的，那位伙伴没有让他失望。他看见这个人穿过地道前来，向他伸出援手，梦境中的一切又重新变得安全可靠、令人快乐。有时候，他们会在印度火车低矮狭小的车厢里碰面。这几节车厢被抛弃在一个花园里，花园被绿色栏杆包围着，里面有许多大理石做成的白色石像人，以充满敌意的目光瞪着他们。这些石像人坐在一张铺满玫瑰的餐桌旁，隔开了乔吉和他的伙伴。地底那悲伤的歌声忽然传来，乔吉的内心充满了绝望，直到他再次与那位伙伴相遇。

在仿佛没有尽头的夏日酷暑之中，他们彼此邂逅，互相陪伴，互相帮助。两人趴低身子，匍匐前行，悄悄潜入那巨大的房子——乔吉很清楚，这个房间就在火车站北边，也就是石像人餐桌上那些玫瑰花的摘取之处。这栋房子就位于那座花园的正中央，这里很潮湿，什么东西都是湿漉漉的。穿过被粉刷得雪白的走廊，走进其中的一个房间，有一个病恹恹的生物躺在小床上，有气无力地呼吸着。乔吉知道他最好不要发出任何声音，以免惊扰了那个生物，而他的同伴显然也很清楚这一点。可是，当他们的视线越过那张床，彼此交汇的时候，乔吉很不情愿地发现了一个他从未注意过的事实——他的同伴竟是一个小姑娘，一个穿着绑带鞋，一头乌发从前额向后梳得光溜溜的小姑娘。

“这可真是太丢人现眼了！”乔吉心想，“依靠小姑娘搭救，我竟然做了这么一件蠢事！现在，除非床上这个东西的脑袋掉下来，否则这小姑娘没有一点儿出现在这里的意义。”

就在这个时候，床上的生物剧烈地咳嗽起来，它咳得那么厉害，连天花板都开始晃动了。一块块水泥掉在了纱帐上，然后，“他们”那些人就从四面八方冲了过来。乔吉拉着那个小姑娘，穿过让人透不过气的花园，那些歌声仍然如影随形地跟着他们。两人快马加鞭地穿过了三十英里跑马道，沿着怒涛拍岸的海滨小道前进，来到了开阔的高地上，来到了矗立的灯柱旁。有时候，梦境会让他们失散，他们不得不忍受一段可怕的孤独路程。最奇异的是，他甚至知道他们俩都很清楚自己身在梦境之中，而非现实世界。他们可以连鞋子都不脱就走过一英里宽的河面，或者点火烧毁房屋密集的城市，看着这座城市如何付之一炬。他们就像是两个闲逛的孩童一样，出于好玩的心态，粗鲁地对待着自己身后模糊的影子。在午夜时分，乔吉经常会在梦境中，听到她从世界遥远的另一端呼喊“男孩！男孩！”的声音，然后他就会迅速地赶到，拯救这个小姑娘，让她免遭“他们”的荼毒。

无论是落入那些在玫瑰花餐桌上吃饭的石像人手里，还是在三十英里跑马道尽头的高地上，只要两个人能够彼此陪伴，这梦境中的一切就没有那么令人害怕了。他和她一起，从柴堆旁开始，在深紫色的土地上进行了一场又一场的探险，他们到达了勇气所能到达的最深最远的内陆区域。然而，危险无处不在，内陆到处都是“他们”，“他们”在山谷中到处走动、歌唱，对于乔吉和她来说，海滨附近才是更安全的所在。

渐渐地，乔吉终于完全了解了他梦境之中的这片大陆，即使是在醒来之后，他也深深地相信这是一个真实存在于世界上的乡村，他甚至凭着记忆画出了一张潦草的乡村地图。不过，这件事被他一个人默默地藏在心里，即使他因这片土地的反复出现而困惑不已，也没有告诉过任何人。在他平时的梦里，任何事物都是缥缈的、虚无的、一闪而过的，就像所有人的梦一样；然而，只要他来到柴堆旁，在这片早已被他烂熟于心的领域里行动，他就可以看到自己要去的地方。有时候，他会有好几个月都梦不到什么值得记下的事情，可是接下来，他就会连续五六次梦到这片大陆。每次梦到迷失大陆，乔吉都会在醒来的时候拿出自己画的地图加以完善和更新，顺便标记上自己做梦的日期，因为乔吉是一个条理清晰的人。事实上，他的这种行为会让人觉得很危险——这是上级对他的评价——有一个副官总在人前这样议论他："热衷于某件只有七十岁的女人才会沉溺其中的事情，那么他的未来甚至不如这个老女人光明。"

但是改变命运的事情发生了。国境线上爆发了一场小型战争，在一次次小型战役之后，事态扩大了，战争一触即发，乔吉所在的军团优先被选中参战。

"这下子我们可不能再吃闲饭啦，"少校说，"抖抖自己身上结的蜘蛛网——尤其是你，加勒哈德[①]。让我们来看看，你这种喜欢小题大做的态度，是不是能够为军队作些什么贡献。"

在战争期间，乔吉高兴得简直要落下眼泪来。他所带领的士兵们简直是如鱼得水——尤其是和其他军队相比，他们显得更加自如。在军营里，他们一直是最乖巧听话的孩子，无论是刮风下雨还是艳阳高照，无论是有充足的食物还是必须忍饥挨饿，他们总是能够以最迅速的动作服从长官的指令，以最优秀的十五人橄榄球队般的纪律进行训练，他们被禁止在根据地浑水摸鱼，因此对不用回根据地这事，大家都表现得非常愉快。他们消灭了山上的敌人，攻占了山顶，继续对敌人进行追击，这群士兵的行为模式就像训练有素的猎犬一样无可挑剔。

---

①《亚瑟王传奇》中的圆桌骑士之一，兰斯洛特和伊莱恩的孩子，因为加勒哈德有圣洁高贵的品质，所以他寻获了圣杯。

撤退时，大家被迫穿过十一英里山谷，那里没有水源，队伍里还有伤兵。这些伤者以职业军人那种特殊的荣耀感掩盖自己内心深处求生的念头，义无反顾地掩护队伍撤退。每一支军队都知道该如何前进，但是明白撤退战术的军队可以说是凤毛麟角，每个人都需要学习如何收拾残局，尽管这种情况总会令人不快。接下来，大家开始开辟新的道路——通常做这种工作都得冒着枪林弹雨，还得拆除不少拦在路上的碉堡。当他们清理干净战场上的掩体时，他们已经是最后一批撤退者了。

在军营中待了一个月之后，他们各自回到了被指派的地方，这些士兵在经过了严峻的挑战之后，经常唱着：

他想要甩开别人，独自行动——
他不再需要战友；
他想要甩开别人，独自行动——
就像他经常做的；
他会成为一名烈士，
被人当成高尚的原型写入小说，
所有的男孩和女孩看了都会说，
"哎哟，多么棒的一个小伙儿——小伙儿——小伙儿！
哎哟，这是多么棒的一个小伙儿！"

后来，乔吉在一份《公报》上看到了关于自己的报道，报道上说他表现出了极大的勇气、冷静和审慎。在战场上，他救下了不少伤员，还在枪林弹雨中突破了城门。最后，他被升为上尉，军衔在名誉上等同于少校，还获得了战时突出贡献的勋章。

对于他救助那些伤员的事，他是这么解释的，他们的体格都比较健壮，因此他抬起伤员会比其他人更加轻松。“否则我就会派我的士兵们过来帮忙了。关于突破城门的事情，其实当我们顺利到达城墙下时，我们就已经处于安全状态了。”他这样轻描淡写地将自己的成绩一笔带过，仍然深受自己的士兵们爱戴。当他们看到他走来的时候，会爆发出比之前更加热烈的欢呼声，军队食堂也会在他出发前往英国之前为他专门准备晚宴。有一位受了他许多帮助的医生引用《加勒哈德骑士》中的诗句来形容他：“一把利剑，雕琢出了这个男子汉的头盔”。人人都对乔吉交口称赞，说他是天之骄子，但在他晋升之后第一次进行演说时，大家还是会朝他起哄。“你们这么嘲笑我，我根本没办法跟你们说什么冠冕堂皇的话啦。”乔吉对他们的想法了如指掌，“咱们还是来玩一场台球吧。”

如果在温暖的水域上，有一位善解人意的女郎在身旁做伴，让你觉得你是全世界最伟大的男人，那么，乘坐一条不紧不慢地在海上航行二十八天的蒸汽轮船，就不会是一件让人难熬的事情了。即使这位女郎的年龄比你大上十来岁，你也不会觉得这趟旅途很无趣，相反，你会为将要发生的事情而感到有所期待。半岛和东方轮船公司的船不会有大西洋轮船那些令人讨厌的缺点，那些船头的磷光更加明亮，船尾的船舵手动操作装置也没有那么多的噪声。

幸好乔吉没有去了解大家心照不宣的轮船社交潜规则，不然他还真有可能碰上倒霉事儿。当来自亚丁的朱莱卡夫人向他倾诉自己对于乔吉的赫赫军功有多么敬佩和仰慕，想要像母亲一样为乔吉提供照料的时候，乔吉只听懂了她那些话的字面意思，之后乔吉就开始大谈特谈自己的母亲。他正以每天三百英里的速度一步步靠近自己的母亲，靠近自己的家乡。与一位女士交谈一个小时比乔吉以为的要容易一些，他滔滔不绝地谈起了自己家乡的许多事物，直到航行到了红海才把这些话说完。之后，朱莱卡夫人对待他的态度就转变成了一种谨慎而客气的礼貌。

乔吉本该对她那矜持客气的话语做出热情的回应，但他并没有，他也不知道自己有调节两人之间气氛的责任。对此，朱莱卡夫人表示不可置信，她追根究底地询问了他许多问题。

“你知道吗？”当他们航行到地中海的某个位置的时候，她这么告诉乔吉，“我觉得，你是我生命中遇上的最可爱的一个男孩子，我希望你会记住我。等你再年长一些的时候，或许你会想起我，将来，你会让某个女孩子感到无与伦比的幸福。”

“啊，但愿如此！”乔吉以一种庄重而肃穆的语气回答，“不过，要谈到婚姻和其他相关的事情,对我来说还有很长的一段时间呢,不是吗？”

“这就要依情况而论了。这是你的坐垫，在你去看女士们竞赛的时候用吧。我想，我的年纪已经太大，不再有兴趣去欣赏这些‘余兴节目’了。”

运动比赛开始了，乔吉作为裁判坐在一旁。那些球带缝制得有多精致、有多秀丽，乔吉从来没有注意过；但是显然他身边的那位女子注意到了，她露出了一个淡淡的、转瞬即逝的微笑。乔吉很欣赏朱莱卡夫人，的确，她年纪有些大，但风韵不减当年，容貌不逊于任何一位年轻女郎。而且，她身上也没有什么糟糕的绯闻。

穿过直布罗陀海峡之后的几天，乔吉的梦境又回来了。如今，那个在柴堆旁等待的不再是小女孩，而是一位长发乌黑秀丽的成熟女子。她的头发依旧向额头后面一丝不苟地梳着，露出一个小小的“美人尖”。这是他从小就认识的那位青梅竹马，六年过去了，在这片迷失的大陆上，他们的相遇显得如此动人，如此令人难忘。乔吉的兴奋之情溢于言表，梦中的那个夜晚，是如此的平静柔和。两人一同离开了那片属于他们的乡村，从柴堆旁一直到了三十英里跑马道，接着又到了花园中央的那栋房子，这里的坐标在地图最左边的边缘。然后，他们又到了火车站的候车室，那里的餐桌上依旧摆满了大朵大朵的玫瑰花。最后，他们涉过了浅浅的海滩，去了那座曾被他们点火焚烧的城市，去了灯柱下高地上起伏的丘陵。无论他们走到哪里，地下的歌声都伴随着他们，从未消失。但是这个夜晚，他们丝毫不觉得恐惧，因为在广袤无垠的大地上，除了彼此，谁也不存在。最后，他们在灯柱旁手牵着手席地而坐，她转过头来，温柔地给了乔吉一个吻。

乔吉一个激灵，醒了过来。他发现自己躺在船舱里，眼前是飘动的门帘。可是，那个吻的的确确发生了，他非常确信，甚至可以对自己起誓。

第二天早晨，轮船驶入了凯碧丝湾中的某片海域，晃荡不止。对此，人人都有些不快，除了乔吉。他刮好脸、洗好澡，到餐厅来用餐的时候，人们嗅到了肥皂清爽的香气，便扭头去看，只见乔吉容光焕发，目光炯炯，显得比以往更加俊美，更加挺拔。

“喂！你这家伙居然对这恶劣的环境适应得这么迅速，可真是叫人不爽啊！”有个家伙用一种凶巴巴的口气对他说，“是有谁在海湾之中留了什么遗产给你，你才这么开心吗？”

“我想，这大概是因为如今我离自己的家乡越来越近了。”乔吉脸上挂着天使一般甜蜜的笑容，走近那些带着咖喱味的饭菜，“或者什么诸如此类的原因。不过，我今天早上的确觉得神清气爽、心旷神怡。船是不是有些晃呀？”

直到行程结束之际，朱莱卡夫人才从船舱中露面。她没有向乔吉道别便下了船。在码头上，她痛痛快快地哭了一场，流下了喜悦的泪水，因为她马上就要见到自己的孩子们了，平日里，她总爱对别人描述，自己的孩子们和他们的父亲有多么相似。

乔吉也朝着自己的家乡出发了。这是自那个青黄不接的时节之后，他休的第一个长假，这简直让他高兴得有些飘飘然了。家乡的生活依旧安宁平静，没有任何改变，无论是在车站迎接他的马车夫，还是那从修剪得平整漂亮的草坪上往石墙上跑的白孔雀，都和他记忆中的一模一样。家中的人一个个地出来迎接他，他们显然在一定程度上对迎接顺序做了安排——先是母亲，再是父亲，接下来是哭泣着赞美上帝的女管家和男管家，最后出来迎接乔吉的是负责饲养动物的仆人。在乔吉小时候，那位仆人负责照顾家里的狗，他还曾经被负责教导乔吉骑马的马夫责骂过。

乔吉一家三口在夕阳下用晚餐。雪杉树下的草坪上趴着几只不停跳动的兔子，家中牧园的池塘里，那些肥大的鲤鱼浮在水面上，大口大口地吐着泡泡，似乎也在分享主人的晚餐。“这里的一切都没有改变。”乔吉心满意足地发出了一声长叹。

“亲爱的，我们的变化可不少啊，到处都能看到呀。”母亲用一种温柔的语调告诉他，“现在，我已经习惯了看到你的健壮体格，你黝黑的皮肤，顺便一提，乔吉，你已经晒得很黑了，不过，在我眼里，你一点儿也没有改变，就像你的父亲。”

父亲听了这话，微笑着望着乔吉。“军队中最年轻的少校，值得获得一枚维多利亚十字勋章啊，你这小家伙。”

在乔吉叙述起时下战争的战况时，男管家取下脸上的工作口罩，侍立在一旁，听得津津有味，而父亲则不时询问乔吉一些问题。

他们一同来到大门前，站在街边的玫瑰花丛那里吞云吐雾。夕阳在破旧的屋舍前投下一道道长而细瘦的影子，长长的影子穿过了千姿百态的英国植物，那些植物大概是目前仅存的带有生气的绿意了。

“真是无可挑剔！多么惬意啊，这一切真是太完美了！”乔吉望着家中牧园边上那处郁郁葱葱的森林，感慨道。在小小的牧园里，一排排用于饲养野鸡的木箱整齐地摆放着，空气在夕阳下显现出金黄的色泽，包含着成百上千种气味、成百上千种声音。乔吉感觉到父亲挽着自己的手臂紧了紧。

“的确是很不错——不过，天有不测风云，人有旦夕祸福啊，难道不是吗？我想，将来的某一天，你也会过上这种舒舒服服的日子的，到时候，你会牵着你的心上人回家来，我是说，要是现在还没有可以牵回家的对象，那可真有点遗憾。”

“爸爸呀，你还是不要想太多了，我还没有心上人呢。”

“这么多年以来，都没有碰上过一个吗？”母亲问。

“妈妈，我哪来的时间呀。我服役的时候，每个人都忙得不可开交，我们那儿的士兵，大多数都是单身汉。”

“但是在社交场合呢——你一定遇见过数以百计的好姑娘吧，我是说——比如说在舞会上？”

“我就像是第十军团[①]的成员，妈妈，我从不跳舞。”

“你不跳舞！那么，这么长时间以来，你都干些什么呢——帮其他的小伙子签单据吗？”父亲惊讶地问。

“噢，是啊，类似的事情我也做过一些。不过，你也很清楚，在现在这种形势之下，一个男人必须完成自己的所有工作，才能称得上是称职。一直以来，我的生活都被工作填得满满当当，从来没有什么多余的时间，能在深更半夜出去鬼混。”

“是这样啊——”父亲这么说着，语气之中充满怀疑。

“学习总是不嫌晚的。既然你回来了，我们应当把附近的邻居请到家里来庆祝一番，如果你打算直接到镇上去，那就另当别论——你不会真是这么打算的吧。亲爱的？”

---

①第十军团是一个老笑话，讲的是在舞会上，一个舞女询问第十轻骑兵团上校：“为什么你手下的士兵都不跳舞呢？”上校回答说：“女士，第十兵团从不跳舞。”舞女就对他说：“啊，那行吧。看来第十兵团也不需要吃晚餐了。”

“不会的，我非常乐意参加庆祝宴，我没有别的安排。到时候，我们自己家里人坐在一起，好好地享受一下欢乐的气氛，这就足够了。有没有马能让我骑一会儿？”

“一个多月以前，我才把那对棕色马驹卖掉，其他的马都在为了迎接乔吉少爷蠢蠢欲动呢！那些马里应该有你能骑的马吧？”父亲一边大笑，一边说，“它们用一百种方式告诉我，我在它们眼里已经不再是最重要的啦。”

“那绝不可能！”

“你爸爸不是那个意思，亲爱的。不过，每一个人都在为你的归来而努力做准备，这不正是你喜欢的吗，对吗？”

“对极了！这太对了！没有哪里会像英格兰这么棒了，尤其是——在工作全都完成了的情况下！”

“的确，你这么看这件事情才是正确的，我的孩子。”

就这样，母亲回到房里，演奏起了一首乔吉在童年时期总是吵着要听的曲子。乔吉和他的父亲已经醉得分不清东南西北，两人摇摇晃晃地走在路上，互相搀扶着，月光将他们的影子拉得老长。银烛台已经被拿进屋里了，外面只有莹润的月光照耀着一切。乔吉迷迷糊糊地钻进那曾被用来充当他婴儿房的屋子。除了母亲，还有谁会在这里帮他铺好被子呢？母亲坐在他床头，与他畅谈了一番，说了些英国每一对母子都会聊的事情。母亲以一种女性特有的精明，拐弯抹角地询问他各种各样的问题，并不断给那个已经靠在枕头上的孩子各种各样的备选答案，每一个答案都让他无奈得想叹气。最后，母亲吻了吻他的额头，祝福了他。之后，母亲似乎对父亲说了些什么话，做了一件不像是一位端庄的母亲会做的事——她发出了一阵叽叽咕咕、充满怀疑的笑声。

第二天一大早，一切都布置好了，欢迎派对上，家里人个个都向乔吉伸出了热烈的欢迎之手。从六岁的孩子——“您好，尊敬的乔吉主人，您的嘴巴像白色小羊皮手套一样精致。”——到沿着海平线漫无目的地散步的负责饲养动物的仆人：“这儿有一门炮，能够发射四磅的炮弹，乔吉少爷——上尉，您在印度一定看不到这样的东西。”这场景真是美好得难以用语言形容。

母亲坚持让乔吉乘坐四轮马车出门，到方圆六英里内的每一处闺中好友家里去拜访；父亲把他带到了伦敦，在俱乐部里吃了午饭，父亲至少向三十个老战士故作不经意地介绍了自己的儿子——他们中可没有谁的儿子在军队里当上年纪最小的上尉，也没有获得战时突出贡献勋章。

总算轮到乔吉享受个人时光了，他惦记着自己的老朋友——都是些住在南海或蒙彼利埃广场上的廉价出租房里的军官。乔吉的母亲认为，他们需要多多结识一些姑娘，于是邀请了不少妙龄少女来参加宴会。整个房间充满了她们咯咯的欢笑声，就像春天的鸽舍一样吵。他们一起跳进养鳟鱼的池塘、一起野餐、一起打网球、一起在黄昏时分坐在大门口消遣。乔吉发现，大家玩得非常愉快，而自己好像并不重要。

当乔吉最后一个朋友的身影消失在门后的时候，乔吉看着他离开的方向说：“他们都告诉我，今天玩得非常尽兴，不过，他们想做的事情还没完成一半呢。”

“我知道他们玩得非常尽兴——是真真切切的尽兴，完全不是什么客气话。”母亲说，“亲爱的，你可真是个慷慨的慈善家啊。”

“现在，让我们安静一会儿吧，行吗？”

“噢，当然可以啦！我有一个非常要好的朋友，我想把她介绍给你。现在屋子里有这么多人，她不会过来的，因为她的行动不是很方便。她姓莱希，在你刚刚回来的时候，她就离开了。”

“莱希？我不记得附近有人姓这个呀。”

“他们是在你去了印度之后搬来的，你不认得——他们从牛津来。她的父亲在牛津过世了，我想，他们现在的生活一定没有以前宽裕。他们买下了巴塞特路上的那栋住宅，她是一位非常可爱、非常甜蜜的小女人，我们和她的家人相处得非常融洽。”

“她是一位寡妇？”

“不是，刚刚我说的是我那个朋友的女儿呀，亲爱的。”

“她是不是也会跳进鳟鱼池塘，没完没了地谈论自己，发出咯咯的笑声，然后说些‘啊呀，上尉呀！’之类的蠢话？”

“不会，绝对不会的。她的性格非常文静，非常高雅，热爱音乐。她来这里的时候总是带着音乐书——作曲，你知道吗，她经常一忙起来就没个完，所以你不要对她……”

“你们在说米莉亚姆哪。”路过的父亲说。母亲用胳膊肘捅了捅父亲，乔吉的父亲有些迟钝，没有接收到这个暗示，继续说道：“米莉亚姆多招人喜欢呀，又擅长音乐，骑术也很精妙，她可是家里的掌上明珠！以前她总是管我叫……”母亲的胳膊肘用力地一捅，父亲终于心领神会地闭上了嘴，虽然他根本没搞清楚究竟是怎么一回事。

“她总是管你叫什么呀，爸爸？”

“管我叫各式各样的昵称啊。我可喜欢米莉亚姆了。”

“米莉亚姆——这名字听起来多像个犹太人啊！”

“犹太人！你怎么不说自己也像个犹太人呢？她是何利福德郡莱希家族当中的一员，她的姑姑过世的时候……”母亲的胳膊肘再次出动了。

“哎呀，你只是还没有见到她本人，乔吉。她每天都在忙着琢磨音乐，要不就是在忙着照料她的母亲。对了，明天你不是要到城里去吗？我记得你说过，你要去参加什么研究所的会议啊。”

“现在这个时候就到城里去？你可真是胡说八道！”爸爸不得不再次闭嘴。

“我有这个打算，但是还没决定呢。”乔吉说着，思考着母亲的话。为什么这个喜爱音乐的女孩和她卧病在床的母亲一来，自己的母亲就迫不及待地要赶他走呢？他并不希望一个与自己素不相识的女性到他家里来，以亲昵的绰号称呼自己的父亲。他决定要注意观察这家莽撞的、七年前才搬到这里的人。

愉快的母亲将孩子的表情看在眼里，她已经从中读懂了乔吉的想法。不过，她不动声色，装出一副满不在乎的样子，继续吩咐道：“今天晚上，她们要到我们家来用餐，我会派马车去接她们过来，在这里小住几天，顶多住一个星期。”

“我或许应该马上进城去，我对这事还有些不确定。”乔吉在忐忑不安中离开了。他要到联合军种研究所去听一场关于在田野中配备军需用品的演讲，那场演讲中所提到的理论恰好是乔吉最不认可的。他心想，在演讲之后，大家会有一番激烈的讨论，自己或许也会有些新想法。那天下午，他拿起钓鱼竿，准备在鳟鱼池塘边把这个问题想清楚。

“祝你玩得愉快，亲爱的！”母亲从大门口对他喊道。

“恐怕这不是什么有趣的事情，妈妈。那些从城里来的小伙子和姑娘们，弄得这些鳟鱼好几个星期都没什么胃口。他们之中没有一个人关心钓鱼这项活动——我说的可是千真万确。他们只不过是喜欢在岸边跺脚，大吼大叫，弄得半英里内的每一条鱼都知道他们的意图，最后朝着鱼嘴里扔些肥大的虫子罢了。要是我是一条鳟鱼，准被他们吓个半死了！”

不过，这件事并没有他以为的那么糟糕。这里是私人池塘，禁止外人垂钓，上次垂钓时放下的那些被做成鱼饵的黑蚊子仍然在水上漂浮着。这次垂钓的时候，他注意到了一条肥鱼，于是乔吉便将它当作目标，小心翼翼地与它斗智斗勇。

乔吉蜷着身子躲在芦苇和野生绣线菊丛后边，朝下游悄悄匍匐前进。他沿着岸边小路向前行进，来到了一处视野开阔的地方。在这里，他能够清楚地看见鳟鱼，但是鳟鱼无法发觉他，因为周围的鹅耳枥木篱笆能够很好地将他隐蔽起来。乔吉趴在地上，将那个青灰色的浮标甩向水中。浮标穿过或明或暗的阴影，滑入布满碎石子的溪流之中。当乔吉还是个孩子的时候，他就已经对这条小溪的每一个角落了如指掌了，他知道，那些机敏狡猾、经验老道的鳟鱼潜伏在水下的树根之间；那些体型壮硕，肉质肥嫩的鳟鱼会在激流下游的浮藻间游动，它们会像鲤鱼一样懒洋洋地啜饮水珠。现在，它们可要倒霉了。乔吉用手灵敏娴熟地模拟着飞虫在水面上扑动翅膀的状态，让浮标激起阵阵涟漪，吸引鳟鱼。

垂钓结束后，乔吉收拾东西准备徒步回家，他才发现自己钓鱼的地方竟然离家有五英里远，这个时候他本该穿好正式的服装参加晚宴的。女管家之前特地对他千叮咛万嘱咐，让他别空手回来，所以乔吉在换浮标之前就准备好了上等的红葡萄酒，一些鱼肉罐头三明治，还有一些会让女人心生欢喜、却从未引起过男人注意的小物件。乔吉开始往回走，一路上，他惊扰了许多动物，例如在水边寻找河蚌的水獭，在山毛榉树丛中觅食的野兔，还有像警官一样朝着小田鼠飞扑俯冲的白色猫头鹰。月色已经笼罩了大地，乔吉只好拄着钓竿，抄着树林间的近路深一脚浅一脚地走向家中。他在家门口兜了一会儿圈子，虽然他每时每刻都可能打破家中的生活规则，但是一条自童年时期就养成的规矩是绝不会被打破的：钓鱼之后，乔吉要从后门的花园进屋，在屋外洗涤碗盘的地方把自己洗刷干净，换好衣服。在这之后，他才能够进屋去见长辈们。

“我的天，都已经十点半了！不过，我可以给自己找些理由。无论如何，他们不会在头一天晚上就想与我见面的。或许，他们都已经睡下了。”乔吉想着，走到客厅的落地窗边观察起来。“噢，没有，他们并没有睡。看起来，他们在那里待得很自在啊。”

乔吉看见父亲坐在他专属的椅子上，母亲也一样；那个装满了绿色枝叶和鲜艳花朵的花瓶旁边摆着一架钢琴，钢琴边坐着一位姑娘，乔吉只能看见她苗条的背影。整个花园都被月光笼罩着，显现出圣洁而神秘的光泽，乔吉拐进玫瑰花丛，打算把自己的烟抽完。

曲子的前奏结束了，一阵悠扬的歌声传来，那种女低音在他童年时期被人们称为“丝滑如奶油的声音”，而这首歌的每一字每一句，他都熟悉得不能再熟悉了：

在城市的边缘，
孤独的灯光闪现，
你可知道去往仁慈镇的小道，
离梦之海并不远——
在那里，穷苦之人埋葬了自己的冤屈，
病痛之人忘却了自己的伤痛。
而我们呢——不幸的我们！啊，不幸的我们——
我们却终究会醒，不幸的我们！
我们必须跟着白昼警察回来，
从那沉睡中的城离开！

他们疲倦地抛下卷轴冠冕，
抛下了束缚、祷告，也不再耕田——
他们径直前往仁慈镇，

因为这里的大门即将关闭。
这是生长于长夜之人应有的权利，
他们的身体和灵魂都在此沉浸；
可我们呢——不幸的我们！啊，不幸的我们——
我们却终究会醒，不幸的我们！
我们必须跟着白昼警察回来——
从那沉睡中的城离开！

在这紫色之城的边缘，
在温柔的梦境开启之前，
再看一眼——我们可以再看一眼——
再看一眼那仁慈镇，
可我们再也不能近前！
每一个流浪汉穿过城墙，
我们毛骨悚然，因为他们监视的目光；
但我们呢——不幸的我们！啊，不幸的我们——
我们却终究会醒，不幸的我们！
我们必须跟着白昼警察回来——
从那沉睡中的城离开！

当那声音反复唱着最后一句歌词的时候，乔吉发现自己口干舌燥，嘴角也莫名其妙地抽搐着。女管家正站在楼梯上等待着，打算好好质问他一番。当她看到乔吉失魂落魄的模样时，还以为乔吉今天在外面吹风得了重感冒。乔吉完全没有注意到女管家，也完全没有理会她的问题——他只是在脑海中为自己讲述一个无比疯狂的故事，然后径直走进了自己的房间。这不同寻常的行为引得乔吉的母亲匆匆赶来，敲门询问。

“发生什么事了，亲爱的，你还好吗？赫珀说她觉得你不太……”

“我很好，妈妈。什么事情都没有，真的，放心吧。”乔吉甚至没有意识到自己说了些什么，他正在疯狂转动大脑，思考着一件至关重要的事情，和这件事情比起来，其他的事都无足轻重。很显然，这件事充满了巧合和不可思议，他简直不敢细想，她的歌词里出现了只有自己才知道的白昼警察和地名，乔吉高兴极了，甚至都无暇顾及明天还要到城里去听一场关于军火和田野的愚蠢演讲。乔吉的整个灵魂、头脑、心灵和身体都发出了狂喜的呐喊：“她就是睡莲船闸那里的小女孩——迷失的大陆上的小女孩——三十英里跑马道上的小女孩——柴堆旁的小女孩！我和她是认识的！”

乔吉一下子惊醒了，他躺在椅子里，浑身的肌肉都很酸痛，身体僵硬得不得了。他沐浴着阳光，重新梳理了一下这件事情的前因后果。不过，这事发生的时间有些不合时宜，他必须要去吃东西了。于是，乔吉下楼去吃早餐，想到有可能与那位姑娘撞见，他的一颗心都快要提到嗓子眼儿了。

“你总是这样，今早你又迟到了，”母亲说，“我的孩子，这就是米莉亚姆。”

一个身穿黑衣的姑娘抬起眼与乔吉对视，乔吉意识到，她根本没有认出自己来——他那雀跃的心一下子就跌到了谷底，涵养和气度也完全不知道跑到哪儿去了。他以一种冷静的、审视的眼神盯着米莉亚姆。她的秀发乌黑柔亮，从额头往后梳拢在一起，露出精巧的美人尖，她的右耳边散落着一撮卷曲的秀发，她那双灰色的眸子间距有些近，她有着短短的上嘴唇和刚毅小巧的下巴，他还记得她歪着头的姿态，记得她曾经吻过自己的樱桃小口。

“乔吉——亲爱的！”母亲有些惊奇地叫了一声，因为米莉亚姆早已在他的注视下羞红了面庞。

“你说什么？”乔吉深深地吸了一口气，尽量维持着自己的形象。“我不知道妈妈是如何告诉你的，但是，我有的时候的确会犯傻气，尤其是在吃早餐之前。我知道，这是——这是很失礼的行为。”乔吉镇定自若地走向餐桌柜，在餐盘中找寻着自己想要的餐具，开始暗自庆幸她并没有认出自己——显然她没有。

在吃早饭的过程中，乔吉说的话变得越来越疯狂、越来越冒傻气了，不过母亲从来没有发现自己的儿子像现在这样俊朗不凡、容光焕发过。任何一个姑娘——尤其是米莉亚姆这样品位不凡的姑娘——她怎么能够克制住自己对这样一位小伙子的崇拜之心呢？不过，米莉亚姆现在很生气，因为她以前从未被谁用方才那种失礼的方式瞪过。用过早餐后，乔吉宣布自己不打算进城，而是希望米莉亚姆能够与他一起找找乐子，如果米莉亚姆没有什么事情要做的话，希望她能够赏脸，米莉亚姆听了乔吉的话，立刻缩回了自己的安全区内。

“哎呀，还是不要让我生出想把你扔出去的念头吧。我有很多事情要忙，整个上午估计都没有空闲呢。”米莉亚姆不满地回答道。

“发生了什么事，让乔吉的行为举止都变得这么古怪呢？”母亲自言自语地说着，“米莉亚姆想必也体会到了这种复杂的心情，就像她母亲一样。”

“你会作曲，对不对？作曲一定是一件非常美妙的事情。”乔吉兴奋地说。

米莉亚姆心想：“哎，这话说得真蠢——真是蠢得跟猪一样！”但乔吉并不知道她在想什么，他继续说了下去：“昨天晚上，我钓鱼回来的时候，听到了你的歌声，那首关于梦之海的歌，对吗？”这句话让煎熬的米莉亚姆紧张得灵魂都颤抖了起来，但乔吉还在继续问：“真是一首悦耳的歌，你是怎么想到歌词中描绘的事情的？”

“你只是作了曲子，对不对？”母亲说。

“不，歌词也是她写的，妈妈。我百分之百确定。”乔吉说着，目光炯炯地盯住了米莉亚姆的脸庞。

“没错，歌词也是我写的。”米莉亚姆以一种缓慢的语速说着，因为她一紧张就会变得口齿不清。

“你是怎么知道的，乔吉？”母亲语气夸张地问，那语气就像是在向整个连队炫耀一个当上了少校的十岁小男孩，并让他向众人展示自己最得意的特长一样。

“我就是很确定，但是也不知道这是为什么。哎呀，妈妈，我身上发生了许多连你都不是很清楚的事情。今天天气可真热——对于英国来说够热的了。下午你是否愿意跟我一起去骑马呢，米莉亚姆？如果你喜欢的话，我们可以在下午茶过后出发。”

出于礼貌，米莉亚姆没有进行第二次回绝，但是任何一位女士都能够看出来，她对此也不是很情愿。

“那真是太好了，如果你要经过巴西特路，就省得我多跑一趟马丁所在的村庄了。”母亲在这个时候插了一句话，缓和了气氛。就像每一个优秀的管家一样，这位母亲也有一种特殊的爱好——热衷于使用一些小策略来节省使用马匹和马车的开支，使得家中的男性亲戚抱怨纷纷，说她简直把他们当成公共运输系统的职员来使唤。在这个家中，有一个被当作传奇的故事，说的就是她曾经在一个清晨与丈夫会面的时候，对着乔吉的父亲说：“亲爱的，如果今天你到巴塞特路还不算太晚的话，你介不介意过来接我一趟？”

“我就知道，你又来了。反正，你不会错过任何一个节省车马费的机会，妈妈。如果只是为了一条鱼或者一根树干的话，我可不愿意去帮你跑腿。”乔吉笑着打趣他的母亲。

“只不过是一只鸭子，玛莉特家会事先擦洗好，把它弄得干干净净再拿给你。”母亲尽量简短地吩咐，“你不介意帮我跑一趟，对吧？今天晚上我们九点吃晚餐，天气实在是太热了。”

漫长的夏日似乎有几个世纪那么长，终于到了下午茶时间，而米莉亚姆也没有爽约。

他尚未上前帮忙，米莉亚姆就已经骑上了马鞍，她轻盈地一跃而上，就像那个在跑马道上骑着矮种马驰骋的女孩子一样。天色还早，但乔吉已经找借口下了三次马，去检查鲁夫斯蹄子下那些并不存在的碎石子。乔吉试图与米莉亚姆聊聊关于梦境的事情，却始终无法开口。在旁人看来，不过是一个梦，如果别人要听他们随时可以脱口而出，但在乔吉看来，这个梦非同小可。他很少说话，米莉亚姆则时而欢欣，时而烦躁，一会儿安抚他的紧张，一会儿讥笑他的沉默。

这个健壮又笨拙的莽汉，让米莉亚姆颇为不满。她觉得，他再怎么愚钝，也该知道这些歌词就是她本人写的，虽然一位妙龄少女有可能会将自己最私密的想法高声唱出来，但这不代表她不介意这些歌词中的思想被一个门外汉践踏。两人骑着马走上了用红砖铺就的巴西特路，对于那只鸭子，乔吉实在是过分关注它的携带方式：它必须得待在一个非常稳妥的包裹里，包裹必须得紧紧地绑在马鞍上。已经过了八点钟，可是他们回家的路还有好几英里。对此，米莉亚姆既焦急，又无奈。

“我们得加快速度啦！”她说。

“不必太过着急。我们可以从汤赫德镇抄近路过去，让马儿穿过草地行走，可以节省一个小时的路程呢。”

在低矮的草坪上，马儿们以轻快的步伐稳稳地走着，周围弥漫着清爽宜人的草香气。当马儿们小跑着来到位于巴西特路西边公路之间那片广袤而灰暗的开阔高原上时，朦胧的夜色也在山谷中显现出来。两人的步伐不知不觉地加快了，鲁夫斯非常具有绅士风度地等待着米莉亚姆骑着的丹笛，直到它俩找到一条可以并肩行进的路线。他们并驾齐驱，沿着两英里长的窄斜坡向下走，耳朵里充满了呼啸的风声、嗒嗒的马蹄声，以及马嚼子发出的轻微的咯噔声。

“啊，这感觉可真是太棒了！”米莉亚姆高声喊着，勒马止步，“我和丹笛，我们可是老朋友啦，但是我想，我们从来没有配合得如此默契，如此亲密无间。”

“我看不见得，你们还有走得比现在更加迅速的时候呢，至少有一两次。”

“是吗？那是在什么时候？”

乔吉舔了舔嘴唇，说出了他一直欲言又止的话：“在三十英里跑马道上，你不记得了吗？——你和我，我们一起——当‘他们’在追赶我们的时候——还有那次在海边，在那条海滨小道上，左侧就是浩瀚汪洋——我们朝着灯柱那儿走的时候。”

这姑娘一下子倒吸了一口冷气：“什么——你，你这话是什么意思？”她有些情绪激动地问。

“就是三十英里跑马道，还有——还有其他的一些事情。”

“你到底是什么意思？——我的歌词里可从来没有提到过三十英里跑马道！虽然我自己心知肚明，可是，我从未与其他人分享过这些事情呀。”

“你说到过，白昼警察，高地上的灯光，陷入沉睡的城市。把这些联系在一起，什么都理顺了，你知道吗——就在那个乡村——我很容易就能弄清楚你去的是哪里。”

“我的老天爷呀——都理顺了——毫无疑问。不过，我以前——你以前——啊，天啊，我们应该走慢一点儿，否则我真会从马上摔下去的！”

乔吉调换了一下位置，用一只手覆住米莉亚姆拉着缰绳的那只手。他轻轻地拽了拽缰绳，让丹笛放慢速度。他向米莉亚姆说到自己曾经看到过一个因中弹而悲泣的男人，米莉亚姆也悲伤地哭泣起来。

“没事——没事的。”乔吉喃喃地安抚她。“不过——不过，你知道，这些都是真实发生的事情。”

“真的！没错！我是不是已经疯了？”

“没有，除非我也是个疯子。你静静地思考一会儿吧。关于三十英里跑马道的事情，如果这个人不是的的确确到过那里的话，他怎么会知道呢？”

“可是在哪里呢？在哪里呢？你告诉我，是哪里！”

“就是那儿——大概是吧——我猜是我们的乡村。你还记得你第一次骑马走上这条路——我指的是走在三十英里跑马道的事情。我想，你一定没有忘记。”

“可是那是在梦里呀——那全都是梦境之中的事情呀！”

“你说的一点儿错也没有，不过，你大可以继续说下去，因为我全都知道。”

“让我想想，我——我们在那里不敢发出任何声音，一旦发出声音我们将会陷入危险。”她的目光投向丹笛两只耳朵中间的某处，但是其实她什么也没有看到，因为期待，她已经紧张得快要窒息了。

“因为‘它’在大房子里，病恹恹的，‘它’已经奄奄一息了？”乔吉继续策马前行，同时放慢了速度。

“它看起来确实是这样的。我就坐在床的另一边，这个时候，‘它’

咳嗽起来，惊动了‘他们’，于是他们全都跑进来了。”

“我梦里的那个女孩就是你！”乔吉那深沉而洪亮的声音异常有力，米莉亚姆瞪大了眼睛，她一遍遍地打量着、审视着乔吉，目光热烈得快要在他身上灼烧出一个洞来。“这么说，那个男孩就是你——那个柴堆旁的男孩，在我一生之中都陪伴着我的男孩！”她的身体向前倾斜，倒在了丹笛的背上。乔吉强迫自己因激动而发软的四肢恢复正常，他用一只胳膊搂住米莉亚姆的腰，让她把脑袋靠在自己的肩膀上。直到今晚之前，他都以为这是只会出现在印刷出版的罗曼史小说里的情节。谢天谢地，两匹马都处于非常安静配合的状态。当米莉亚姆回过神来的时候，她不再逃避，依旧将自己的脑袋靠在乔吉肩头，低声呢喃着：“你的的确确就是那个男孩，千真万确，毫无疑问——我之前没有认出你来——我没有认出来。”

“我可是昨天晚上就认出你了，吃早餐的时候，我一看到你……”

“啊，原来是这样！怪不得那个时候我心里充满了惊讶，你一定也是如此。”

“在此之前，我实在没有办法将这件事说出口，就让你的脑袋靠在我的肩膀上吧，亲爱的。现在，一切都会好的——对吗？一切都会好的。”

“我真不知道这一切究竟是如何发生的——都已经过去了那么多年了！我还记得——啊，天啊，我脑子里居然记得那么多那么多的事情！”

“那你不如说给我听听吧，放心，我会留神马儿的。”

“我还记得，那小小的汽船过来的时候，我在那里等你。你还记不记得？”

“就在睡莲船闸那儿，在距离香港和爪哇岛不远的地方？”

“啊，原来你也管那个地方叫睡莲船闸？”

“当我在那片大陆上迷路的时候，是你告诉了我它的名字。是你带着我前进、带着我翻山越岭的，不是吗？”

“你是说岛屿纷纷开裂移动的时候？一定是那个时候，因为我只记得你一个人，其他的都是‘他们’那些东西。”

“‘他们’是一群嗜血的可怕野兽。”

“一点儿没错。我还记得，我第一次带你走三十英里跑马道的时候，你就像平时一样骑着马，梦境中的你就是现在的你！”

“这可真是太奇妙了，我今天下午光想着这些事了。难道不是吗？这一切难道不是非常奇妙吗？”

“这一切究竟意味着什么呢？为什么在这个世界上，有千千万万人，可是千千万万人之中，却只有你和我共同拥有这些——这些属于我们两个人的故事和梦境？这到底意味着什么呢？我真的被吓到了。”

“这个嘛，”乔吉说着话，马儿却以为自己听到了主人的命令，加快了步伐，“也许，等到我们离开人世的时候，我们会对这神秘的事件有更多的了解，因为现在这些完全无法用我们知道的知识解释清楚。”

这个问题没有答案。米莉亚姆还能说些什么呢？在这个真实的世界中，他们才认识了不到八个小时，而且那个梦境中发生的事情，和现实世界一点儿关系都没有。两个人都沉默了，他们呼吸着寒冷而沉重的空气，就像是在呼吸着麻醉剂一样。

“这大概是第二次，我们并肩策马行走在三十英里跑马道上，”乔吉低声问道，“你还记得吗？”

“不,不是的！”米莉亚姆有些激动,“不是！不久前的一个晚上，在那片开阔的高地上——那是在好几个月之前，我们在属于我们的乡村走了一英里又一英里。那里谁也没有，‘他们’都离开了，没有任何事物让我们感到害怕。可是我到现在也不知道,那究竟是为什么呢？”

“啊，如果你还记得我们相见的那个晚上的话，就说明你还记得其余的事情啦，承认吧！”

“我记得许多许多的事情，但是我以为我不记得，我以为自己从来不记得——直到，刚才。”

“你的确是见过我的，亲爱的。”

“我知道不是这样的，因为——啊，自我欺骗对我又有什么好处呢，我的的确确没有见到过你。”

“我很确定我们在那个时候是见过的。”

“不是吧，真的没有，有可能你见到的是别的心上人。”

“没有什么别人存在。我的心上从来就没有其他人。”

“有其他人的——一直都有其他人。那是另外一位女士——她就在大海的另一边，我见过她。那是在五月二十六日，我把这事记在了什么地方。”

“啊，这么说，你也把这些梦境都记录下来了？这听起来有些奇怪，我要澄清一下，我和那位女士没有任何关系。”

“我怎么知道你都做了些什么呢——在你醒着的时候。我还以为你是个单身汉呢！”

“这真是你生命中犯过最大的错误。你的性格可真是急躁啊！亲爱的，给我一分钟时间，让我跟你说清楚，”虽然乔吉知道事情不是这样的，但他还是硬着头皮向她表明心迹，“它——它并不是那种能够让一个人随心所欲地去对另一个人倾诉的事情，因为别人听了一定会哈哈大笑。但是，我敢向你保证，亲爱的，我这一生之中还从未被家人之外的任何一位女士亲吻过。别笑啊，亲爱的，除了你，我从未把这件事告诉过任何人，除了你，但是，这的的确确就是事实呀。”

“我明白的！你就是你。啊，我一直都知道，总有一天你会来到我身边，但是我完全不知道那个人就是你，直到你先捅破了这层窗户纸。”

“继续说吧。”

“你真的从来没有对谁动过心，或者，考虑过另觅佳人相伴吗？为什么会这样呢。世界上一定有许多女郎，在见到你的那一刻就会爱上你的，男孩。”

“让她们把那份爱自己收着吧。是的，我从来没有对谁心动过。”

“天啊，还有晚餐，我们一定会迟到的——这可真是迟了很长时间了。啊，我该怎么在明亮的灯光下，在你母亲在场的时候望着你啊——还有我母亲在场的时候呢！”

“我们要继续装作你只是米莉亚姆，等到恰当的时机再向长辈开口。能让两个人以最快速度订婚的途径是什么？我估计，订婚有很多烦琐的程序要走，对不对？”

“啊，我不想和你谈这件事。这些事情都太平凡了。我想起了一件事情，我敢打赌你一定不知道这事。我的名字叫什么？”

“米莉亚——不，不对，不是的，我的老天爷呀！等等，我一定能够想起来。你不是——你不可能，怎么可能呢，我在梦中编造的那些遥远的故事——那个时候我还没有开始上学呢！到今天为止，我从未联想到那些故事和我们的梦境之间的关联。你就是原来那个，独一无二的，安妮尔路易丝吗？”

“啊！那就是你一开始用来称呼我的名字！我们已经走在大路上了，估计我们迟到了一个多小时了。”

“那又有什么关系呢？群山已经被我们远远地抛在了身后，就像夜幕一样，只是我不得不带着这个烦人的家伙——该死的！”

“嘎嘎！嘎嘎！”鸭子发出欢快的叫声。

“你还记得这一幕吗？”

“是的，我记得——我脚下还踩着花盆。这段时间，我们一直在一起，可是现在我要暂时和你分别了，晚餐时见。晚餐时我肯定能够见到你，对吧？你保证自己不会偷偷溜回房里，让我整个晚上都自己待在外面吧，亲爱的？待会儿再见，亲爱的——待会儿见。”

“再见，男孩，待会儿见。你得小心自己头上那个拱门！不要让鲁夫斯从马厩里跳出来了！待会儿再见，放心吧，我一定会出席晚餐的。可是——到了明天，当我再一次见到你的时候，该如何自处啊！”

让丛林来吞噬

让丛林吞噬一切吧，
鲜花长满庭院，
藤蔓爬上教堂，
野草覆盖谷仓。
人类的工具和踪迹将荡然无存，
忘却关于人类的一切吧！

再也无人祭拜神坛，
留下的只有曾经的灰烬；
动物们随意在野外觅食，
再无猎人前来打扰；
雨水冲刷着街道，
墙体随之崩塌，
却无人在意。
此处将再无任何人类的痕迹！

老虎希尔汗的皮此时正铺在会议岩上，莫格利站在一旁，向西里山狼群中的每一只狼宣告：从今往后他都将生活在丛林中，再也不会回到人类的村子。狼妈妈和狼爸爸十分赞同他的想法，同时也认为这个孩子在人类的世界学到了不少东西。

乌泱泱的狼群散了，莫格利累极了，他回到自己的窝睡了一大觉。等他睡醒后，他挑了一些村子里的趣事，用丛林动物能听懂的语言，讲给狼妈妈和狼爸爸听。昂科拉与灰大哥也讲起他们将一大群野牛赶下山谷的事。棕熊巴卢竖起大耳朵，想把这些内容一字不落地听进去。黑豹巴依拉则上蹿下跳，随后将全身都舔了个遍，完全是因为他太兴奋了：他的兄弟莫格利杀了希尔汗，这简直难以置信！

天渐渐亮了，但他们丝毫不想入睡，激动的情绪充斥着神经。狼妈妈欣慰地看着自己的孩子，时不时抬起头嗅一嗅，仿佛还能闻见会议岩上虎皮的气味。

莫格利最后发言："这次的行动能够成功，离不开昂科拉和灰大哥的帮助。如果光靠我自己，可干不了那么好。妈妈，你不知道，当野牛奔腾着冲下山谷，人类吓得四处逃窜的场面有多么滑稽可笑！"

"我可不愿意看到那一幕。我的孩子被人类像野狗一样驱逐，这种耻辱我一辈子都不会忘记。等着吧，孩子，我会为你报仇的！不过我会放过那个给你喂牛奶的女人。"狼妈妈心疼地舔了舔莫格利脸上的血痕。

狼爸爸宽慰道："放轻松，亲爱的。我们的战士英勇归来了，只是受了一点儿小伤，没什么大不了的，我们应该为他感到骄傲。别再去和人类打交道了。"

莫格利依偎在狼妈妈的怀中，表示赞同。他厌恶人类，再也不愿意看到人类的身影，不愿意听到人类的喧闹声，甚至不愿意闻到人类的气味。

“但是我们不能不提防人类找上门。”昂科拉抬起头注意着周围的动静。

灰大哥亮出他的獠牙，咬牙切齿地说：“那就让人类见识一下我们的厉害！”

“我们都会加入战斗！”巴依拉与巴卢对视，他们的眼睛里发出奇异的光芒。

昂科拉说：“我沿着小路返回村子，在地上打滚，将我们原先的足迹弄得乱七八糟，然后又将自己的踪迹掩盖。我保证，人类再也不能追踪到我们。我回到这儿的时候，碰到了蝙蝠盲哥，他说那个村子现在就像蜂巢一样混乱不堪。”

莫格利笑了：“我走之前将一块大石头扔进了村里最大的蜂窝。”他喜欢捉弄大黄蜂，尤其是将成熟的木瓜扔进蜂窝，然后在大黄蜂蜇到他之前跳进水里。

“盲哥还说，人类拿着枪在村口巡逻，到处都插着火把。枪可不是个好玩意儿，人类拿着它只会乱射一通。他们不会轻易放过我们的，过不了多久就会拿着枪找上门来，我们应该时刻警惕。”昂科拉低下头，望着自己曾经被人类打伤而留下的一道疤痕，心有余悸。

“难道他们还没吃够苦头吗？”莫格利气得把牙磨得“咯咯”作响。

昂科拉鼻子里喷出一股气：“我们丛林动物可不懂人类的思想，而你作为人类的一员不应该最了解吗……”昂科拉话音还未落，一把尖刀深深地插入了昂科拉面前的泥土里。尽管莫格利的速度快到普通人难以察觉，但对于敏锐的狼族来说，速度还是太慢了。

莫格利将刀从地里拔起，擦干净上面的灰尘，语气平静地说：“如果下次你再将我与人类混为一谈，那就打一架吧。”

“开个玩笑而已，这玩意儿也不是个好东西。”昂科拉望着那把锋利的剥皮刀，“你没发现吗？跟人类一起生活的这几个月里，你的实力有所下降。在你拔刀的瞬间，我已经能杀死一头强壮的公鹿了。”

巴依拉嗅到一股不寻常的味道，他突然跳了起来，高高地仰起头，做好了战斗的姿态。昂科拉一下跳入灌木丛中，隐藏好自己后用锐利的眼睛观察着四周。灰大哥迅速爬上高地，想把风闻得更清楚些。莫格利也用手指沾了点口水，抹在鼻端，尽管他的嗅觉没有兄弟们好，但他也尽力嗅着从上风向飘来的微弱的气味。之前村子里各种烟熏火燎的气味还是对他的嗅觉造成了不小的影响。

“该死！是人类的味道！”昂科拉从灌木丛中走出来，愤恨地咆哮道。

莫格利补充道：“那个人是猎人卜尔达，你知道吗？他一定是在找我们，他还拿着枪，我看到枪支的闪光了。”

那闪光稍瞬即逝，普通人很难注意到。莫格利清楚地知道，那是一把老式塔瓦滑膛枪上的铜扣发出的闪光。在丛林中，这样的闪光只发生在云层穿过天际时，太阳照耀在云母板上、小池塘上或者是很平滑的叶子上时，但今天没有云也没有风，所以一定是卜尔达来了。

昂科拉自豪地说：“我真有先见之明。作为狼群以前的头领，我可不是浪得虚名。”

没有谁发号施令，四匹狼迅速默契地跑下了山坡，很快就钻进了浓密的树林里。

“你们去干什么？谁允许你们走了？”莫格利赶忙喊道。

灰大哥回头：“小点儿声！不用你出马，我们四个就能解决他，等着中午吃大餐吧！”

莫格利大吼一声：“听从我的命令，回来！不能杀死人类！”

昂科拉冷笑道：“哼，刚才是谁说自己是狼不是人，现在又开始为人类求情？”

四匹狼只好转身回来，垂头丧气地瘫倒在地。

莫格利愤怒地说：“我想做什么还需要你来指手画脚吗？”

巴依拉以沉稳的口吻嘟囔道：“果然，人类都一个样，我曾在奥德普尔王国待过，那里的人也说同样的话。虽然公认人类是最聪明的动物，但一旦与他们相处久了，就会发现他们其实是最愚蠢的！不过，莫格利做得对。人类可不是孤狼，他们习惯以群体为单位进行捕猎。如果我们杀死一个人，就会出现一群人。我们去看看那个猎人到底想干什么，如何？”

灰大哥吼了一声：“我可不去！要去你自己去！如果不能杀死他，就在一旁看看，那有什么意思？我宁愿待在窝里睡一觉。”

莫格利激动得浑身颤抖，他的目光一一扫过每个狼兄弟，眼泪盈满了眼眶。接着，他走到他们面前，单膝跪下，斩钉截铁地说：“我有自己的打算，请相信我，兄弟们！”

四匹狼眼神飘忽，都不敢看向莫格利。没过多长时间，他们开始对莫格利的眼神感到害怕，呜咽着趴在了地上。但是，莫格利的目光还是那么坚决。

莫格利接着说：“告诉我，谁是我们之中的头领？”

灰大哥恭敬地将脑袋放在莫格利的脚上，低声道：“你是我们的头领。”

“那就听从我的命令。”莫格利走向卜尔达所在的方向。

四匹狼耷拉着脑袋紧随其后。

巴依拉向巴卢耳语道：“看看，他在人类世界生活久了，已经变成了这副模样。看样子丛林法则要发生天翻地覆的变化了。”

巴卢一言不发，心中却是百转千回。

莫格利带领狼兄弟们如幻影一般在丛林中奔跑。突然，莫格利停下了，他缓缓蹲下身子，扒开面前的树枝，看到卜尔达持着滑膛枪，正谨慎地沿着丛林中的足迹追踪着。

昨天莫格利背着虎皮离开村子，昂科拉和灰大哥跟在他身后，他们三个的足迹格外显眼。但昂科拉再次返回，巧妙地打乱了脚印，无论谁来都分不清这些脚印是人的还是狼的。这会儿，卜尔达已经来到那里，混乱的脚印使他迷失了方向。他只好找个地方坐下稍作歇息，点了一支烟，边咒骂边找寻其他的踪迹。如果他愿意，他随便向树林里扔一块石头，就能轻易击中这些默默观察他的追踪者。狼的隐蔽能力很强，在不想被发现的时候几乎可以做到悄无声息。虽然莫格利在狼群眼中行动笨拙，但他也能悄无声息地移动。老头儿还不知道，他已经被包围了，这些追踪者甚至还在用他听不到的频率随意交谈着。

灰大哥兴奋极了："我从未体验过这样的捕猎，他现在就像无头苍蝇一样找不到方向。他在念叨些什么，莫格利？"卜尔达眯着眼睛四处张望，嘴里叽里咕噜地说个没完。

莫格利解释说："他累了，杂乱的脚印使他烦躁，他说我们昨晚一定是在这开狂欢派对。"

巴依拉是个沉着冷静的追踪者，他默默地从树干上滑下来，加入了这场无声的追踪游戏，问道："那个人类现在在做什么？"

"他在抽烟。"莫格利回答，"人类总是喜欢往嘴里放一些奇怪的东西。"卜尔达往水烟筒里装烟、点燃、吐烟的过程被这些追踪者看得一清二楚。香烟的味道很特别，以至他们可以在将来凭借这种气味来确定卜尔达的位置。

卜尔达在吞云吐雾时，一群烧炭人从小路走了过来。卜尔达是十里八乡有名的猎手，他们与他打完招呼后便开始攀谈起来。他们问最近发生了什么大事，于是卜尔达便讲起莫格利这个狼孩的事情，他吹嘘说希尔汗是被他杀死的，并详细描述了他与恶魔之子莫格利之间的激烈战斗，这场战斗持续了整整一个下午，最终莫格利由狼变回人形，对着他的枪施展咒语，使子弹折返击中了自己家的水牛。他还宣称，他是西里山地区最英勇的猎手，于是村民派他去猎杀莫格利。同时，他还说梅苏阿夫妇被认定为莫格利的亲生父母，村民们已经把他们抓了起来，并将他们囚禁，准备逼迫他们承认自己是巫婆和巫师，再用火刑柱将他们活活烧死。

“什么时候行刑？”烧炭人问道,显然他们都很想看到那残忍的场面。

卜尔达向他们说，如果他不回去，村民们将不会采取任何行动，因为村民们期望他能够首先解决掉丛林里的那个男孩。等这件事做完了，村民们就会对梅苏阿及其丈夫行刑，并瓜分他们的土地和水牛，尤其是她丈夫拥有的那头健壮的水牛。卜尔达坚信，消灭这对夫妇是极其正义的行为，因为梅苏阿能够养育一个狼孩，足以证明她是最坏的巫婆。

烧炭人提出了疑虑，他们想知道，要是英国人知道了这件事，会不会给村子带来麻烦。他们听说英国人是个疯子，不允许农民无缘无故杀死巫婆。

卜尔达回答说，村长将捏造一个谎言，宣称梅苏阿夫妇是被一条毒蛇所杀。所有的事情都已准备就绪，剩下的只有一个任务，那就是杀掉那个野兽般的男孩。卜尔达问他们，是否见过这样一个狼孩？

烧炭人谨慎地四处张望，低声咕哝了一句，称并没有碰到传闻中的狼孩。他们坚定地认为，只有像卜尔达那样的勇士才能发现狼孩的踪迹。太阳落山了，他们迫不及待地要到卜尔达的村子去看一看那个巫婆。卜尔达表示，虽然他的首要任务是除掉恶魔之子，但他不能让一群手无寸铁的人在险恶的丛林中自生自灭。没有他的护送，这种行为无异于自愿走进陷阱，他们随时都有可能遇到狼孩。因此，他决定陪同烧炭人一起进村。如果遇到恶魔之子，卜尔达会向他们展示提奥尼地区的优秀猎人是如何应对这种情况的。他声称祭司给了他一道护身符，可以保护他，确保他的安全。

狼兄弟们时不时地问人类在说些什么。莫格利则耐心地一一说明，但是一提到“巫婆”，他就有些迷糊了，这超出了他的理解范围。于是他只能将听懂的部分告诉狼兄弟们：村民用陷阱将对他好的那个女人和她的丈夫抓起来了。

巴依拉疑惑地问：“人类设下陷阱抓人类？”

“他是这么说的，我不太明白那部分内容。他们都疯了，说什么梅苏阿和她的丈夫跟我有什么关系，应该把他们抓起来。现在卜尔达还没有回去，他们暂时不会对梅苏阿动手。”莫格利摸了摸自己的剥皮刀，陷入了沉思。此时，这群人类正列队成行，昂首阔步地踏上了回村的路。

“我必须尽快回到村子。”莫格利终于打破了沉默。

“那我们要怎么处置他们呢？”灰大哥眼睛一亮，盯着烧炭人棕色的脊背问道。

“给他们唱歌，把他们送回去，但愿他们在傍晚之前到达不了大门。”莫格利咧嘴一笑，“你能不能拖住他们？”

灰大哥轻蔑地露出一口白牙：“我们可以带着他们绕圈子，不让他们回村子。”

“只要给他们唱首歌，不让他们在路上感到无聊就行了。巴依拉，你也来吧。”莫格利命令道，“我们黄昏时在村边集合，灰大哥知道怎么走。”

“这就像是专门为莫格利在黑暗中狩猎。我何时才能好好睡一觉呢？”巴依拉一边说着一边打着呵欠，但眼神中却充满了期待，显然是在为这次的夜晚行动兴奋不已。

“让我去给人类唱首歌助兴吧！咱们一起试试吧。”巴依拉微微低下头，让自己的声音传得更远。他拖长了声调，大声喊着“狩猎大吉”——半夜的狩猎呐喊提前在下午响起，为接下来的歌声做了一个骇人的开场。莫格利在丛林里奔跑，他听到了身后传来的声音，那声音此起彼伏，最后变成震撼人心的嚎叫。他不禁哑然失笑，他看见那些烧炭人都吓得缩成一团，而卜尔达的枪口则毫无目标地向前指着，好像一片芭蕉叶在半空中摇摆，显然已经迷失了方向。

“呜呼嘿呀！”灰大哥学着狼捕食印第安鹿时的那种嚎叫。那啸声就像是从世界的尽头传来，由远及近，由低沉到高亢。另外三头狼也跟着吼叫，到了最后，莫格利可以确定，整个狼群都在用尽全力地嘶吼。

忽然间，他们一起唱起了一曲丛林晨歌，那是一种用最深沉、最有穿透力的声音演唱的歌曲。每个音调、每个颤音、每个子音都被完美地表达出来。尽管我不能很好地描述歌曲的内容，但是，让我们试着去想象一下，当这首歌突然打破丛林午后的宁静时，所带来的震撼和美妙。

稍迟一些，

我们的身影再也不会在原野上留下长影；

它们会像夜晚那样黑暗，

跟在我们身后。
在这安静的清晨，
岩石和灌木沉默地站在那里。
空中响起一道命令：
“弱肉强食，适者生存。
陷入沉睡吧！”

此时，
森林之王将自己的角和毛皮藏进了他们隐蔽的住所；
他们谦卑地垂下头，
悄悄地朝洞穴和山丘走去。
人造的犁头粗糙结实，
牛在土地上辛勤耕耘。
湖水就像一面镜子，
在朝阳的照耀下，
变成圣洁的红色。

噢，是鸟归巢的时候了！
太阳照在嫩草上，
一道低沉的警告声从竹林中响起。
那些我们所熟知的树，
在太阳底下看起来既奇怪又神秘。

老鹰从天空飞下，宣布：

“白昼将至，人类的时间将至！”

露珠打湿了皮毛，

淋湿了归途；

曾经潮湿的堤岸现在已经干涸，

形成泥块和一层薄薄的脆皮。

夜晚的背叛出卖了所有的踪迹，

张开的爪子，还是卷曲的脚印。

就在这时，丛林中又传来了一道命令：

“弱肉强食，适者生存。

陷入沉睡吧！”

四匹狼的歌唱得再好，也只能表达出其中的轻蔑和讥笑。他们望着那些人拼命往树上爬，吵吵嚷嚷，而卜尔达则反复地念着咒语。之后，狼兄弟们安详地躺下睡着了。和自然界的所有动物一样，他们的头脑清晰而有条理，但如果不休息，他们就无法思考。

莫格利以又快又稳的速度跑着。在人类中生活数月并未使他变得虚弱，他仍有着一副强壮的体格。他的目的只有一个，那就是把梅苏阿夫妇救出来，至于人类设下的什么陷阱，他还真没放在眼里。他暗自决定，总有一天，他会找整个村子算账。

傍晚时分，他看见了那片熟悉的草地，还有那棵鸽豆树。他就是在那里剥下希尔汗的皮，灰大哥则在一旁等着他。他对人类充满了愤怒，所以当他看到村子的屋顶时，喉咙就像被什么东西堵住了一样。他注意到，村民们早早就干完了田里的活儿，并没有忙着回家准备晚饭，而是聚在无花果树下，激动地聊着天，不时发出兴奋的叫喊声。

“人类总是喜欢彼此算计，似乎只有这样才能让他们感到安全。”莫格利自言自语道。回想起昨天晚上村民给他布下的陷阱，明明只隔了一天，却像是经历了数个雨季一般。现在，那些凶恶的目光转向了梅苏阿和她的丈夫。莫格利知道，在未来的很多个晚上，他还会被这些人算计。

莫格利顺着村子的围墙，小心地摸到了梅苏阿的小木屋附近。透过窗户狭窄的缝隙，他看到了惨不忍睹的一幕：梅苏阿倒在了地板上，嘴里塞着什么东西，双手、双脚都被皮带牢牢束缚着，她呼吸困难，发出微弱的呻吟声。她的丈夫也被绑在床架上，动弹不得。房门紧闭，几个人守在门外。

莫格利对村民的生活习性了如指掌。他知道，他们在享受完休闲娱乐活动之前，不会采取任何行动。但是，一旦他们的胃口和欲望得到满足，他们就会变得极其危险，而卜尔达很快就要返回村子了，他将带回一个激动人心的故事，这无疑会引发村民们更大的兴趣。

于是，莫格利决定立即行动。他从窗口跳了进去，蹲在地上，快速地把绑着梅苏阿夫妇的皮带割断，把他们嘴里的东西拿出来。接着，他在木屋里四处张望，希望能找到一些牛奶给他们解渴。

梅苏阿一直被痛苦和恐惧折磨着，整个上午都在挨打，几乎快疯

了。莫格利没办法，只能用手捂着她的嘴巴，防止她大喊大叫，招来更多的麻烦。她的丈夫坐在一旁，忙着清理胡子上的灰尘和碎片。

过了一会儿，梅苏阿终于泣不成声地开口说话了：“我就知道你会来救我，”她紧紧地拥抱着莫格利，“是的，你是我的儿子！”莫格利一向冷静，可是梅苏阿的拥抱却让他浑身颤抖，他没想到自己会有这么大的反应。

莫格利平复了一下心情，问道：“你怎么被捆起来了？”

男人皱着眉头回答：“还能是什么原因呢？因为你，我的孩子，我们被判了死刑。”他指着身上的伤口说，“看，我在流血。”梅苏阿保持着沉默，似乎不愿重温那些痛苦的回忆。

莫格利看着梅苏阿的伤势，咬牙切齿。“这是什么人做的？”他怒气冲冲地问，“我一定要让他付出代价！”

男人低声说：“全村人人都有份。自从我们收留了你之后，我和她就成了巫师和巫婆。”

莫格利还是一头雾水，他让梅苏阿把事情的经过说出来。梅苏阿怯生生地说：“孩子，你还记得我给你牛奶喝吗？因为你是多年前我那个被老虎叼走的孩子，所以他们说我是巫婆，应该被处死。”

“莫格利，你知道恶魔是什么吗？”男人问道。莫格利摇摇头。

梅苏阿笑了：“瞧，我就知道他不是恶魔。他是我的儿子，我的亲生骨肉！”

男人叹息一声：“管他是谁，是谁的儿子也好，恶魔也罢。我们的命运已经注定，那就是死路一条。”

莫格利指着外面的丛林说："那边有一条通往丛林的路。你们现在已经自由了，快走吧。"

梅苏阿犹豫了："我们对丛林不熟悉，不像你能在丛林里来去自如，我们怕是走不了多远。"

她的丈夫也点了点头，表示赞同："不错，村子里的人一定会赶过来，把我们抓回去的。"

莫格利说："我并不打算对村里的人动手,至少目前是这样。不过，我敢肯定，他们是追不上你的，再过一会儿，他们就有大麻烦了。"这时，外面传来了喊叫声和杂乱的脚步声。莫格利抬起头听了一会儿，然后说："看来，他们已经把卜尔达放回来了。"

梅苏阿叫道："你今天看见他了吗？村民派他去杀你。"

"我见过他，"莫格利点点头，"现在他又有故事要讲了，你们也有时间逃跑了。但在我离开之前，我需要听听他们的计划。你们应该先想好要去哪里，等我回来时再告诉我。"

莫格利轻轻一跃，从窗户里跳了出来，贴着墙跑了起来。当能清楚地听到无花果树周围人群聚集的喧闹声时，他才放慢了脚步。卜尔达躺在地上，周围围满了人，大家都急切地向他打听发生了什么事。卜尔达披散着一头蓬乱的长发，手脚都被树枝划破了。尽管如此，他还是努力维持着自己的状态，时不时说些恶魔、歌声和魔法之类的话，吊着大家的胃口。

莫格利心想，"他就是喋喋不休！人类和丛林中那群猴子绝对是一伙的。现在，他当然要先用清水漱口，再点燃一根烟；等这些琐事做完之后，他才会开始讲故事。卜尔达的故事还没讲完，他们也不会留人守着梅苏阿了。”他振作起来，悄悄地溜回了小屋。刚走到窗前，他感觉脚被什么东西碰了一下。

“妈妈，”他闻到狼妈妈身上那股熟悉的气味，“你来这儿干什么？”

“我听到我的孩子们在丛林里歌唱，于是我便来找我最爱的孩子。”狼妈妈说，她的身体被雾气弄得湿漉漉的，“孩子，我有一个愿望，我想见见给你喂牛奶的女人。”

“他们想绑架她、处死她。”莫格利说，“我割断了皮带，想让她和她的丈夫穿过丛林，逃离这个地方。”

狼妈妈伸出两只前爪，隔着窗户朝屋子里阴暗的角落里张望：“我听你的。虽然我老了，但我的牙齿依然锋利。”片刻后，她默默地趴在地上，叹息道：“尽管你从小就吃着我的乳汁，但正如巴依拉所说，人的后代终究是要回到人类中去的。”

莫格利脸色不太好，回答道：“或许吧，不过今天晚上不行。我还没有做好回归人类的准备。你就在这里等着，不要让她看到你。”

狼妈妈点了点头，说：“孩子，你从来没有害怕过我。”说完又躲回高高的草丛中，巧妙地隐藏了起来。

莫格利从窗户跳了进去，他对梅苏阿说：“现在，所有人都在无花果树下听卜尔达绘声绘色地讲故事。他们商量好了，等故事一讲完，就带着火把过来，把你们活活烧死。你们想好去哪儿了吗？”

梅苏阿与她的丈夫交换了一个眼神，然后说：“我们已经商量好了，我们打算去三十英里外的汗希瓦拉，在那里可以找到英国人。”

“英国人是谁？”莫格利好奇地问。

梅苏阿摇了摇头：“我只知道他们是白人，据说他们统治着这里所有的土地。他们不能忍受无辜的人被打死或被烧死。如果我们能在今天晚上赶到那儿，我们就有生还的机会。不然，就只有等死了。”

“你们必须活下去，今晚那些村民谁也出不了村子的大门。他疯了吗？”莫格利注意到，她的丈夫正跪在房间的一角，用手疯狂地挖着那里的土。

“他只剩下这些钱了，”梅苏阿解释道，“我们已经没有什么可带走的了。”

莫格利不屑地看了一眼，说：“这种危难时刻他还想着那种不能吃也不能喝的东西？”

男人听到莫格利的话，惊讶地睁大了眼睛。

“这哪里是什么恶魔，分明就是个蠢货。”他喃喃地说，“用这些金币，我可以买一匹马。我们都受了伤，步行走不远。不到一个小时，村里的人就会追上我们。”

莫格利淡定地说：“放心吧，只要我不想让他们追上你们，他们就追不上。不过你说得对，找匹马代步是个好主意，因为梅苏阿看起来很累。”

梅苏阿的丈夫站起身来，把最后几枚金币塞进腰带里，系得紧紧的。莫格利扶着梅苏阿爬出窗外。夜风凉飕飕的，让梅苏阿精神一振。星光照耀下的丛林黑暗而可怕，她不禁有些胆怯。

莫格利嘶哑着嗓子问道：“你认识去汗希瓦拉的路吗？”

“认识。”

“那就好。记住，不要害怕，也不要走得太快。你们可能会听到丛林里微弱的歌声，也许是我，也许是我的朋友。”

男人倒吸一口凉气，说：“与其被火烧死，还不如冒着生命危险在丛林中走一夜；与其被火烧死，还不如被野兽咬死。”梅苏阿笑了笑，默默地看向莫格利，目光中带着一丝感动，也有一丝不舍。

“听着，”莫格利严肃地对他们说，仿佛自己就是丛林法则的化身，向无知的小动物们重复着古老的教诲，“在丛林里，没有谁会对你龇牙咧嘴，也没有谁会举起利爪。无论是人或兽，他们都不能阻挡你们的脚步。你们将安全抵达汗希瓦拉，我的伙伴们将为你们保驾护航。”他转向梅苏阿说：“这个男人可能不相信我，但你相信我，对吗？”

“当然，我的儿子，我对你是百分百的信赖。我信任你，不管你是人类，还是恶魔，或者是森林中的狼。”

莫格利安慰道：“他听到我同伴的歌声可能会害怕，但你以后会明白一切的。现在出发吧，不用着急，慢慢去吧，村门已经紧紧地关上了。”

梅苏阿感动得热泪盈眶，跪倒在莫格利的脚下。莫格利赶紧把她扶了起来，她紧紧地拥抱着莫格利，嘴里念叨着各种神灵的名字，祈求他平安幸福。她的丈夫愤恨地看着自己的田地，生气地说：“要是我们能平安抵达汗希瓦拉，我就把祭司、卜尔达，还有别的什么人都揭发出来，叫他们吃不了兜着走。他们想让我的田地变得杂草丛生，一片荒芜，还想让我的牛群饿得皮包骨头。我要让他们为自己的行为付出惨痛的代价，我要为自己讨回公道！”

莫格利冷笑一声：“公道？这个村子就不存在公道。不过……等你们下一个雨季回来的时候，就知道这里还剩下什么了。”

梅苏阿和他的丈夫往丛林深处走去了。

这时，狼妈妈从藏身之处一跃而出。

莫格利说，“妈妈，请你跟着他们，保证他们能安全地离开丛林到达汗希瓦拉。嚎叫几声吧，我现在去找巴依拉。”

狼群低沉婉转的嚎叫声此起彼伏，莫格利注意到梅苏阿的丈夫吓得浑身发抖，转身就要跑回小屋。

莫格利大声喊道：“不要停下来，往前走！这些歌声会一直伴随你们到汗希瓦拉，这是丛林对你们的保护。”

梅苏阿用轻柔的声音催促着丈夫，黑暗渐渐吞噬了他们和狼妈妈的身影。忽然，巴依拉从地底钻出，如同鬼魅一般来到莫格利的身旁，他身上散发着丛林动物夜晚特有的狂野气息，兴奋得身体都在颤抖。

“我为你的同类感到羞耻。”他的喉咙里发出一声咆哮。

“什么？”莫格利问道，“你今晚不是给卜尔达唱了一首好听的歌吗？”

“我们的歌声多么美妙啊！我们的歌唱让人类忘记了所谓的自尊。我以我曾经挣断的铁链起誓，我一路高歌穿过丛林，就像春天时走出巢穴的野兽，你听到我们的歌声了吗？”

“我还有其他的事情要做。我们待会儿可以问问卜尔达，他会不会欣赏你的歌曲。我的狼兄弟们都去睡觉了？今天晚上，我要村子里的人都给我老实待着。”

“我一个就能应付他们了，”巴依拉轻轻地踱着步，眼睛里闪烁着兴奋的光芒，隆隆的呼噜声比以往任何时候都响亮，“莫格利，我们以狩猎结束今天好吗？唱着那些歌儿，看着人们争先恐后地爬上树，我已经迫不及待了。我们要找的是谁——皮肤晒得黝黑、赤裸着上身在挖土的那个？头发花白和牙齿掉光的那个？还是抽烟那个？我一直盯着他——在烈日炎炎的中午，我像狼照顾公鹿一样照顾他。我想要和他们玩耍，让他们与我的影子一起共舞。”巴依拉轻盈地跃起，他在空中挥舞着拳头，发出“嗖嗖”的声音。他轻盈地落地，又快速地跳了起来，空气中弥漫着他的怒吼声：“我是巴依拉，在丛林的夜晚，我充满力量，没有谁可以打败我。人类，我可以把你们的脑袋像捏青蛙一样捏碎在我的爪下！”

“来啊，给我一巴掌！”莫格利用村里的方言说道，刻意避开了丛林语言。巴依拉听到人类的话，立刻愣住了，停止了舞蹈和说话。他突然坐了下来，后腿颤抖着，把头低下，与莫格利的头平齐。莫格利目不转睛地凝视着巴依拉的眼眸，就像之前对待叛逆的狼兄弟一样，直到眼睛背后的火红色光芒逐渐暗淡下去，变得像二十英里外灯塔发出的光一样微弱。巴依拉的大脑袋越垂越低，最后他用红色的舌头像锉刀一样舔着莫格利的脚背，发出“沙沙”的声音。

“巴依拉，”莫格利的手掌轻柔地从巴依拉的脖颈滑落至坚实的背部，给予他安抚，“是黑夜的误导，你并没有做错什么。”

“是充斥在空气里的气味，”巴依拉懊悔地说道，“那些气味好像在向我尖叫。”

印度是个充满各种香料的国家，对于巴依拉这样几乎完全依靠鼻子思考的动物来说，这些气味足以让他发疯，就像音乐会让人类发疯一样。最终，巴依拉温顺地趴下了，把爪子压在身下，闭上了双眼。

“你属于这片丛林，却又在这片丛林之外，”巴依拉最后说，“而我，只不过是一只黑豹而已。不过，我是真心爱你的，我的人孩。”

莫格利沉浸在自己的思绪中，没有注意到巴依拉的真情。“卜尔达和村民在树下交谈了那么长时间，他们肯定说了不少事情。现在，他们已经准备要把梅苏阿和他丈夫拖出来，用火烧死。但是，他们很快就会发现，房间里空无一人。这太可笑了！”

巴依拉严肃地看着他：“听我说，现在我已经冷静下来了。我要去躺在屋里！我一定让所有人怕得连家门都不敢出。这已经不是我第一次被困在笼子里了，我想他们没有能力再把我绑起来了。”

“那你一定要注意安全。”莫格利觉得自己的恶作剧很好笑。巴依拉在这个时候溜进了小木屋。

“哼！”巴依拉说，“这个地方充满了人类的味道，但那边那张床，跟我以前在奥德普尔王国的笼子里躺的那张一模一样。我要睡一会儿了。”

莫格利听到床绳在巴依拉的重压下断裂的声音。“作为我挣脱束缚、重获自由的见证，他们一定会以为抓到了一头凶猛的野兽！你也进来，莫格利，让我们给他们一个盛大的惊喜！”

“我另有打算。我不希望被人发现我的存在。你自己玩吧，我不想见他们。”

巴依拉说：“随便你。我听到了脚步声！”

在村子的另外一边，那棵无花果树下传来的动静也渐渐变得嘈杂起来。拿着棍子、竹竿、镰刀、砍刀的村民们蜂拥而出，把整条街都挤满了。卜尔达和那位祭司走在最前头，后面跟着一群暴民，他们喊道：“巫婆和巫师！一把火烧了他们家！让他们知道，包庇恶魔之子的罪过！或者先打他们一顿！准备更多的火把！卜尔达，拿好你的猎枪！”

费了好大的劲，梅苏阿家的大门才被几个人硬生生撞开——门闩实在是太结实了。火光顿时将屋子照得亮堂堂的，只见一只黑豹正笔直地趴在床沿上，两只前爪微微垂下。巴依拉就像一个来自地狱的使者，令人毛骨悚然，让人联想到恶魔降临。

死一般的寂静持续了半分钟，走在最前头的那人猛地转身，挤开众人，夺门而出。只见巴依拉逐渐抬起头颅，随之打了一个哈欠。这是他羞辱对手的惯用动作：他的嘴唇向后拉，露出长长的胡须；舌尖向上翻卷，下巴不断向喉咙深处下压。在黑暗中，他尖利的白牙格外显眼。最后，他的上下牙齿“咔嚓”一声合上，就像保险柜的门被紧紧关上一样。人群中爆发出尖叫，人们匆忙返回自己的小屋，途中相互碰撞、践踏。村民们都逃回家后，街上顿时冷清下来。

“黎明前，他们都不会再有任何举动了，”巴依拉低声说道，“现在，我们该做些什么？”

村子笼罩在一片寂静之中，仿佛整个世界都陷入了沉睡。但是，如果你留心去听的话，就可以听见那沉甸甸的粮食柜子拖过泥地顶住大门时发出的声响。巴依拉的话是对的，村子里的人在天亮之前都不敢走出家门了。

莫格利默默地坐在那儿，表情越来越凝重。

“我什么地方得罪你了？”巴依拉问道，他站起来摇了摇尾巴，试图缓和紧张的气氛。

莫格利抬起头看了他一眼，说道：“不，你干得不错。你在这儿守到天亮，我需要休息一会儿。”

莫格利丢下这句话转身就走，朝着丛林的更深处跑去。他找到一块石头，躺在上面睡着了。他这一觉睡得又沉又长，足足睡了一天一夜。

当莫格利醒来时，巴依拉已经回到他身边，脚边放着一只刚猎杀的公鹿。莫格利提起剥皮刀，开始娴熟地切肉，巴依拉在一旁看得津津有味。饱餐过后，莫格利又开始思考起来。

巴依拉说：“那个女人和男人已经平安上路，现在应该已经接近汗希瓦拉了。你的狼妈妈通过老鹰奇儿发来了消息。他们在逃走的那晚找到了一匹马，比走路快多了。这难道不是一件好事？”

“那真是太好了。”莫格利点点头。

“今天早晨，村里的人们开始骚动起来。他们出门买了点儿东西后，就匆匆忙忙地回了家。”巴依拉继续描述着村里的情况。

莫格利问道：“他们有没有看见你？”

“他们没看到我的身影，但应该听到了我弄出的声响。天刚亮，我就在村头的灰尘里嬉戏，嘴里还哼着小曲儿。现在我真的没事可做，莫格利，为什么不和我一起回丛林打猎呢？巴卢最近发现了一些新蜂巢，我们都希望你能像以前一样和我们玩乐，别再摆出一副吓人的表情了。那个女人和男人都很安全，他们也不会被烧死。在丛林中，一切都是那么的美好。先别管这些人了。”

“过一段时间，我就会把他们忘得一干二净，”莫格利回答道，“那么，哈迪今晚会在哪里觅食？”

“谁知道呢？那个沉默寡言的家伙，他的行踪是无法预测的。你想问什么？有什么事是我们做不到，而哈迪能做到的吗？”

“我想让他和他的三个儿子来这里见我。”

“说真的，莫格利，你这么命令哈迪，是不是有些不妥？他曾经掌管整个丛林，在你还没学会人类语言之前，是他教会了你丛林的语言。”

“那又怎样？我要用新丛林主人的身份命令他来见我。要是他不肯，你就跟他讲是为了洗劫伯特坡田地的事。”

“洗劫伯特坡田地？”巴依拉反复确认了好几次，以确定自己没有听错，“好吧，我去，最多哈迪发点儿脾气。我愿意放弃今天晚上的狩猎，听从你的吩咐，看能不能让那个家伙听话。”

巴依拉离开后，莫格利站在那里，心中有一种说不出的怒火。他将剥皮刀插入地面，看着绑过梅苏阿的皮带上的血迹，这让他想起了梅苏阿对他的关心和爱，就像丛林对他的爱一样。他痛恨人类，痛恨他们的言辞，痛恨他们的怯懦。不管森林会不会抛弃他，他都不会让自己再回到人类世界，也不会让自己的鼻子再闻到那股血腥的味道。他的计划很简单，也很全面，这跟卜尔达在无花果树下说过的一个故事有关，现在回想起来，他总是忍不住发笑。

“你说话很管用，”巴依拉对着他的耳朵低声说道，“哈迪和他的三个孩子正在河边吃饭，听到我的话，他们都变得温顺起来。瞧，他们朝这边来了！”

大象哈迪带着孩子们出现在莫格利面前，哈迪一如既往地沉默寡言，浑身上下都沾满了河里的泥浆，他正在咀嚼一棵芭蕉树的绿色茎干，而芭蕉树是他用象牙撞倒的。在巴依拉看来，这个曾经的丛林主人所做的每一件事都别有深意，他现在似乎并不是在和莫格利对话，而是在与一位天不怕地不怕的恐怖存在交谈。哈迪的三个儿子摇摇晃晃地走到一边，静静地站在父亲身后。

哈迪向莫格利打了声招呼，说“狩猎大吉”，莫格利却不搭理他。莫格利一直变换着步伐来回踱步，仿佛思考着什么。很长一段时间后，他才开始讲话，但是他的目光并没有转向大象，反而转向了巴依拉。

“我要给你讲个故事，”莫格利说，“有一头很强壮的大象，不小心掉进了陷阱。尖刺从他的脚一直刺到肩膀，留下了一道醒目的白色伤疤。”莫格利一边说着，一边轻轻地挥了挥手，哈迪转过身来，在月光下露出了青灰色的身体，肩上那条长长的白色疤痕清晰可见。

莫格利接着说：“后来，人们来到这里，试图将他从陷阱里弄出来，但大象自己挣脱了陷阱，回到了丛林里。伤势痊愈后，他带着满腔的怒火，趁着夜色潜入了人类的地盘。哦，对了。这是一个发生在很久很久以前的伯特坡田地上的故事。哈迪，村子里到底出了什么事？”

哈迪沉默了片刻，然后说：“我和我的三个儿子踩踏了庄稼。”

“然后呢？”莫格利问道，“春耕的时候发生了什么？”

哈迪答道："人类没有耕种。"

"那些靠种地为生的人呢？他们后来怎么样了？"莫格利追问道。

哈迪说："他们离开了村子。"

"那他们睡觉的房子呢？"莫格利继续追问。

"我们把房屋掀翻了，丛林很快就吞噬了村子。"哈迪平静地说。

"就这些？"莫格利似乎对这个答案不太满意。

哈迪缓缓说道："我们花了两夜由东走向西，三夜由北走向南，所到之处，都被丛林吞噬。我们让五个村子消失了，包括土地、牧场和曾经长满庄稼的田地。那些曾经在这片土地上种植粮食的人类如今已不知所踪。这就是我和我的三个儿子洗劫伯特坡田地的故事。不过，我倒想问一问，你是从哪儿听来的这个故事？"

莫格利回答："是人类告诉我这些事的，我现在才知道，就算是卜尔达那样的人，也有讲实话的时候。哈迪，你干得不错，但是这次我们要干得更好，因为这次是我带队。你知道那个将我赶出来的村子吗？那儿的村民又懒、又笨、又残忍。他们擅长玩文字游戏，他们屠杀弱小的人，他们用陷阱捕猎不是为了吃，只为娱乐。他们还会在饱餐一顿之后，将同伴用火烧死。我目睹了这一切，他们不应该继续留在这里，我恨透了他们！"

哈迪的三个儿子中最年轻的一个忽然插嘴："那么把他们都杀掉吧。"他一面说，一面拔下一簇草，用前腿拂去草根上的泥土，又把它丢在一旁。他那双红色的眼睛看了看巴依拉，又看了看莫格利，似乎在寻求支持。

“我要一堆骷髅有什么用？”莫格利愤怒地反驳道，“难道我会像狼崽一样在阳光下玩骨头吗？我杀了希尔汗，他的皮现在已经在会议岩上风干了；我杀他并不是为了取乐。我要真正的结束，我想看到丛林吞噬整个村子！”

巴依拉吓得瑟瑟发抖，他发现莫格利正在精心策划一场对付人类的阴谋，要将村子里的所有人以及所有东西从他们眼前抹去。他感到无比恐惧，现在他明白莫格利为什么召来哈迪了，能够做到这些的，恐怕也只有大象了。

莫格利接着说：“让他们逃离家园吧，就像在伯特坡田地发生的那些事一样。丛林中的雨水会填满犁沟，雨滴打在树叶上的声音会代替纺车的咔嗒声。我和巴依拉将在祭司家的屋子里安顿下来，小鹿将喝下寺庙水槽里的清水！”

哈迪迟疑了一下，“可是……我们并没有与人类彻底决裂。一般情况下，我们只会在受到极大的惊吓和愤怒的时候，才会去摧毁人类居住的地方。”

“你不是独自在战斗，”莫格利说，“为什么不召集你部落的成员？让鹿群、野猪和水牛也加入进来。你不必亲自动手，只需耐心等待，看着田地变得贫瘠！”

“我不一定非要杀人，是吗？在伯特坡田地上，我的象牙上沾满了鲜血，那味道至今难以忘却，我不想再经历一次了。”

莫格利点头表示理解：“我也一样。我甚至不愿目睹他们的遗骸散落在洁净的地面上。让村民们离开，去寻找新的栖息地，他们不能再待在这里了。他们让那个喂牛奶给我喝的女人受了伤，还想将她活活烧死。唯一能稍稍驱散我心中的愤怒和痛苦的，是他们门外台阶上生长的青草的清香。去吧！让丛林彻底吞噬整个村子！”

哈迪深深地吸了一口气，被莫格利的决心所感染：“噢！尖桩曾经刺痛我的掌心，当我亲眼看到这些村落在春日的绿意中消逝时，这种痛楚才逐渐消退。你们的战争就是我们的战争，我们要让丛林吞噬一切！”

莫格利被怒火冲昏了头脑，气得浑身发抖。他还没有缓过劲来，大象哈迪就带着儿子们走了。巴依拉望向他的目光中，满是忌惮。

“许多年以前，我曾经在狼群中为一匹没毛的小狼说过话，那匹小狼就是你，当时巴卢也为你说过话，如今你已经长大了，成为新的丛林之主，现在的你让我感到陌生。在你面前，我们就像小兽，像你脚边易折的嫩枝，像失去妈妈庇护的幼鹿！”

巴依拉竟然说自己是一头小鹿，这话在莫格利听来简直就是天方夜谭。莫格利开始大声地笑，直笑到喘不过气来又转而低声啜泣，没过一会儿又放声大笑。最后，他跳进了池塘里，用冰凉的水来平复自己内心的不安。他一圈一圈地游着，时而潜入水中，时而浮出水面，就像池塘里自由自在玩耍的青蛙。

这个时候，哈迪带着三个孩子，分别从东、南、西、北四个不同的方位出发去寻找复仇的伙伴。他们以坚定的脚步穿过浓密的森林，经过两天的跋涉，行进了六十英里。蝙蝠盲哥、老鹰奇儿，还有猴子们，都能看见他们，并观察他们的一举一动，这在丛林中引起了一场热烈的争论。然后，这些大象安静地在丛林进食了一周的时间。哈迪父子从不匆忙行事，总是按照自己的节奏，有条不紊地推进自己的计划。

一种隐秘的传闻在丛林中悄然传播：有一个秘密山谷，里面有更丰富的食物和水源。对美味食物充满渴望的野猪们自然最先行动起来，他们成群结队，穿过茂密的灌木丛向前冲去。随后，鹿群也加入进来，他们的身影优雅而敏捷。鹿群身后跟着小巧灵活的野狐狸，他们善于寻找死去或即将死去的动物作为食物。野水牛与鹿群并肩而行，这些野水牛成群结队地在丛林中穿梭，吃草、散步、喝水，然后又吃草。

虽然一次小小的意外都可以让他们的活动轨迹发生变化，但是每次遇到危险的时候，总是有一些勇敢的动物挺身而出，这让所有丛林居民都感到很安心。有时是豪猪伊奇，会向大家报告前面不远的地方长着鲜美的牧草；有时是蝙蝠盲哥，他一边高兴地鸣叫着，一边在树林中振翅飞翔，告诉大家前面是否安全；有时是巴卢，他嘴里叼着食物，跌跌撞撞地走在队伍旁边，一会儿摆出一副凶神恶煞的样子，一会儿又走回原来的路线。

许多动物因为疲劳或失去兴趣而在前往秘密山谷的途中选择放弃，掉头回去，但也有许多动物坚持了下来，留在兽群中继续前进。在数日的艰苦跋涉之后，他们终于快要到达终点。这个时候，鹿群、野猪和野水牛等食草动物都在方圆八英里到十英里的范围内游荡，而食肉动物则有目的地在区域外围盘旋，维持着一种微妙的平衡。

村子位于包围圈的正中央。村子四周的农作物都已经熟了，金灿灿的麦子在太阳下闪闪发光。田野里还建有小平台，村民们称之为“狩猎平台”，用来驱赶偷吃庄稼的鸟类和其他动物。食肉动物的靠近，迫使这些食草动物不断向前、向里面走去。

夜幕降临，哈迪和他的三个儿子悄悄地走出丛林，来到村子附近。他们用长长的鼻子轻而易举地折断了狩猎台的柱子，只听“噼啪”一声，柱子应声而倒。从狩猎台上摔下来的村民惊恐万分，他们的耳边还不断传来大象低沉的咕噜声。与此同时，鹿群像洪水一样冲进了村里的草地和农田。他们践踏庄稼，侵占农田，甚至夷平了堤坝。野猪群紧随其后，继续破坏鹿群经过的地方，用他们尖利的蹄子和刨食的本能把土地弄得一片狼藉。

一声“狼来了”引起了鹿群的骚动，他们拼命地来回奔跑，加剧了对庄稼的破坏。包围圈的边缘被撕开了一道口子，所有的食肉动物都退到了一边，让出了一条通往南方的道路。鹿群趁机沿着那条路逃出了村庄，也有几头胆大的鹿躲进了灌木丛，准备第二天夜里继续享用丰盛的大餐。

事实上，复仇的任务已经完成。清晨，往日里辛勤劳作的村民们，看到了令人心碎的一幕：曾经生机盎然的田地现在是一片死气沉沉，庄稼已经所剩无几。残酷的事实告诉他们，如果不走，就会饿死。丛林正在无情地吞噬着他们的生命。

当村里圈养的水牛们被放出去寻找食物的时候，他们发现那些原本属于他们的草地，已被鹿群吃得一干二净。这些被村民圈养的动物饿极了，除了走进森林，与丛林动物一起离开之外，别无他法。天色渐晚，村子里传来几声低沉的马嘶声，三四匹短腿小马悲惨地躺在马厩里，被咬得血肉模糊。只有巴依拉才会如此心狠手辣，他不仅毫无悔意，还嬉皮笑脸地把马的尸体拖到了街道上。

这一夜，村里的人都无心在田地里布置陷阱、驱赶猛兽了。哈迪和三个儿子抓住这个机会，迅速而精准地对剩余的庄稼进行了一次彻底的破坏。他们走过的地方，庄稼荡然无存。在这样的灾难面前，村民们决心靠储备的粮食熬过这一年的雨季，然后外出打工，以弥补这一年的亏损。

村里的粮商们都在盘算着如何利用存粮来大赚一笔。正当他们做着发财梦时，哈迪尖锐的长牙已将他们的土房子捅穿，并撬开了那个装满粮食的大木箱。突如其来的变故彻底击垮了村民们，他们甚至怀疑自己是不是惹怒了丛林中的神明。

危急关头，祭司挺身而出。他曾经祈求过自己的神明，但没有得到任何回应。他认为也许是那些村民无意中冒犯了丛林之神，因为很明显，丛林现在正与村民交战，只有贡德部落的酋长才能拯救他们。贡德部落是一个以打猎为生的游牧部落，部落的人们身材矮小，肤色黝黑，长时间居住在森林中。

当村民们找到酋长时，他正单腿站立，手持弓箭，发顶插着两三支箭羽。村民们焦急地问，是不是丛林的神灵在生他们的气，他们需要献出什么祭品才能平息神灵的愤怒。酋长从地上捡了一根苦瓜藤蔓，把它绕到供奉了红色印度教神像的寺庙大门上。接着，他默念着“汗希瓦拉”，抬起一只手，推开了寺庙大门便走了进去，事后他告诉村民们，只有白人才能阻止丛林的吞噬。

一切都已经明了，没有必要再去深究贡德酋长的诡异行为了。那些藤蔓和野草将来会蔓延到村民们曾经供奉的神庙，苦瓜也会在那里生根发芽。他们必须自救，而且要尽快。放下对故乡的依恋，对村民来说并非易事。只要还剩下一点儿粮食，他们就舍不得离开。

村里的人尝试到丛林里去找吃的，但是每一次出行都充满风险。即使在正午的阳光下，那双灼热逼人的眼睛似乎也在盯着他们。他们惊慌失措地逃回自己的小屋时，通常还会发现路边的树上留下了深深的爪痕。

随着村民们在外面的活动越来越少，翁因贡甲河畔那些肆意奔跑的猛兽们胆子也大了起来。野猪们肆意踩踏土地，藤蔓疯长，将这片新的地盘占领。野草也在藤蔓之后肆意生长，村民连修葺牛棚的时间都没有，更别说刷墙了。

村里的单身汉成了第一批逃跑的人，他们四散奔逃，传播着村子即将毁灭的消息。他们说，连无花果树下的蛇都弃巢而逃，谁还能抵抗丛林的神灵呢？随着通往村外的小路逐渐消失，村里的对外贸易也逐渐萎缩，村民的生活变得越来越艰难。

后来，哈迪和他的三个儿子也懒得在晚上骚扰村民了，因为村子里已经没有什么可抢的东西了。庄稼和种子都被抢走了，农田也失去了往日的模样。村民们是时候离开了，该到汗希瓦拉去向英国人寻求庇护了。

按照当地人的习俗，他们一直拖延离开的时间，直到雨季来临。雨季的第一场雨渗入破旧的屋顶，淹没了草原，浸湿了他们的双脚。经历了一个炎热夏天的沉寂后，植物在雨水的滋润下茁壮成长。此后，男人、女人和孩子们开始沿着泥泞的道路走出村子，他们一边用依依不舍的目光回望家园，一边做着最后的告别。

哈迪开始不顾一切地用长鼻子砸向屋顶，动作敏捷得就像从池塘里捞起一朵睡莲。突然，一根横梁反弹回来击中了他，这更激起了他的怒火。在丛林中，被激怒的大象有着难以预测的破坏力。

哈迪用脚踢了踢泥墙，泥墙瞬间倒塌，变成一堆碎土。接着，暴雨倾盆而下，泥土变成了黄色的泥浆。他不停地晃动着身体，在破烂不堪的街道上狂奔。他巨大的身躯压塌了街道两旁的房屋，撞倒了摇摇欲坠的门框。

他的三个儿子紧随其后，在村子里大肆破坏，就像多年前袭击伯特坡田地时一样。在村庄的废墟中，一个声音平静地说："还需要推倒外墙，丛林才会吞噬这些房子。"莫格利轻盈地跳下倒塌的墙壁，雨水顺着他光滑的肩膀和手臂滴落下来。

"马上了，别急，"哈迪喘着气说，"孩子们，让我们齐心协力，推倒外墙！"

四头大象并肩而立，齐心协力往前推，外墙开始出现裂缝，只一会儿便轰然倒塌。还没离开的村民们被眼前的景象惊呆了，透过废墟的缝隙，他们看到了破坏者的真身——四头凶猛的、浑身是泥的大象。

失去家园和食物的村民们全部惊慌失措地沿着山谷逃离了这片土地。在他们身后，昔日热闹的村子已是一片狼藉，瓦砾被抛向空中，践踏成泥。

仅仅一个月后，这里就变成了一个凹陷的小山包，上面覆盖着新长出的绿色植被。雨季结束后，原本的农田变成了茂密的丛林。每当有大风吹过时，丛林就会发出咆哮声，诉说着这片土地的历史。

莫格利之歌

我将在你们中间播撒生命的藤蔓，
让丛林在你们的居所中起舞。
当屋顶消失在藤蔓的怀抱中，
椽子将倒下化为尘土。
带着诗意的苦瓜藤蔓，
将缠绕在你们的世界，
村子将不复存在。

我的子民将在你们的门前轻声歌唱，
蝙蝠在荒草丛生的谷仓盘旋，
蛇将静静地盘绕在无人看守的火堆旁，
苦瓜藤，已在你们心中生根发芽。

你们看不到潜伏的灵魂，
只能听到深沉的回声，
感到无法形容的恐慌。
当月亮从地平线升起，

我将派使者向你们索取贡品。
狼群将成为牧羊人的伙伴，
引导他们在丛林里徘徊。
苦瓜藤，已在你们心中生根发芽。

在农夫的镰刀落下之前，
庄稼被食草动物吃光，
饥饿迫使你们拾荒。
鹿会在贫瘠的田野上漫步，
代替你们辛勤的耕牛。
苦瓜藤，已在你们心中生根发芽。

我将在你们中间播撒生命的藤蔓，
让丛林成为你们的新家。
树木将与你们共舞，
分享世界的喜怒哀乐。
橡子会倒下化为尘土，
将把你们的世界装点得更加美丽。

友好的小溪

一辆红色的小汽车正沿着蜿蜒的柏油山路盘旋而上，一只在天空中翱翔的老鹰差点儿就将这辆小汽车当成了今天的午餐，待它飞近以后才发现这是人类制造的一种“会跑的笼子”。老鹰飞累了，便站在小汽车的顶棚上歇脚。谁知柏油路上出现了一个水坑，小汽车颠簸了一下。老鹰受到惊吓，不得不张开翅膀飞向山谷继续觅食去了。水坑里的水被小汽车的车轮挤得四散而出，大多都顺着路旁的斜坡流进了山谷，最后汇入了小溪里。小溪因雨水的汇入而水量大增，它快速地奔涌着，发出“哗哗”的声响，宣泄着不满。

十一月本应该是少雨的季节，但这座山谷却在一个星期前遭遇了一场难得一遇的暴雨。这场雨持续浇灌着山谷里的所有花草树木，直到昨天晚上才终于停歇。雨停后，山谷间就腾起了水雾，站在山脚看，那些水雾好似一缕缕飘荡着的白色丝绸。山谷里有个村庄，离村庄不远的山坡上有一片种植冬青的林地。当年，为了保护刚刚种下的冬青树苗，林场主人在山坡上用树桩围成了一道树篱。那道树篱一直从山脚延伸到山顶，已经二十五年没有人来打理过了。年复一年，那些树桩在阳光和雨水的滋养下，已经抽出新枝长成了一棵棵大树，冬青树都被这些大树的枝叶遮盖了起来。

穿过浓浓的雾霭，种着冬青的山顶上出现了两个男人的身影。他们是林场主人雇来修剪树篱的伐木工，稍高点儿的叫杰希，稍强壮些的叫杰比斯。两人看着眼前已经快变成树林的树篱，一时不知道应该从哪里下手。

“杰比斯，我觉得我们有必要商讨一下，也许我们应该从树枝长得稀疏的地方入手。但我们……”杰希没有继续说下去，他想听听杰比斯的想法。

“我们首先应该确定好树篱需要保留的高度。”杰比斯一边用衣袖擦着沾了雨水的修枝剪，一边补充着杰希没说完的话。显然，他们两个都是专业的伐木工人，很快就找到了修剪这道树篱的突破口。

有一截树桩上的树枝只比杰比斯高一尺，因为这截树桩位于遮阴处，所以树枝也比较瘦弱。杰比斯挥舞了几下修枝剪，这截树桩就露出了本来面目，树桩后的冬青树叶也露了出来。杰希将剪下来的树枝拾起来，整齐地堆放在近处的溪岸上，等太阳一晒，这些树枝还可以用来烧火。

杰希和杰比斯一直忙到中午，他们的衣裳和头发被树枝上残留的雨水打湿了一遍又一遍，简直和淋了一场雨没什么两样。值得高兴的是，已经有一大片树篱被修剪了出来。

“我们还需要用多余的木料加固一下小溪边的树篱，以免溪水将树篱冲倒。”杰比斯甩了甩肩膀说。

“不用担心，那些修剪下来的树枝可以给我们提供足够的木料，你看。”杰希指了指岸边高高堆起的树枝，又指了指还未修剪的树篱。

“小溪里的水看起来涨了，我想它已经淹没了吉姆家的门槛。如果溪水继续上涨，吉姆放在小溪边的干草估计也会被溪水冲走。”杰比斯说。

杰希听了听水流声，确实如此，前方已经传来了溪水被硬物缠住的怒吼声。“你说得没错。在山谷两侧还没有修建那两条十英里长的柏油路时，我就提醒过吉姆把他的干草挪到地势高的地方去，可吉姆毫不在乎。作为一个在山谷里生活的人，他对山谷的了解太少了。现在好了，柏油路上的水全都顺着山坡流进了小溪，他的干草堆迟早保不住。”

杰比斯也曾告诫过吉姆，可吉姆的回复实在是让人觉得不可思议。杰希常去吉姆家帮忙，所以他一定知道不少吉姆的事情。杰比斯迫不及待想从杰希那里知道吉姆是不是有疯病。正好到了午休时间，他拉着杰希来到了山坡上一处废弃的牛棚边吃午餐边聊天。

杰比斯和杰希在牛棚的喂食槽旁坐了下来，各自拿出了午餐和小刀。杰比斯打开包裹午餐的报纸，压低了声音对杰希说：“今年七月底时，我告诉吉姆，将干草堆放在小溪边不是明智的选择，因为小溪涨水时不仅会带走山间的泥沙，还会冲走他的干草。可吉姆却回答我说，那条小溪是他的好朋友。小溪需要多少干草，都可以带走。我真为他的精神状态感到担忧，你说，他是不是病了？”

杰希咬了一口面包说：“据我所知，他并没有生病，他这么说应该和他的女儿玛莉有关。”

杰比斯顿了一下：“他的女儿？如果我没记错，他的女儿现在已经十七岁了。我和吉姆接触得不多，你能说说这是怎么回事儿吗？”

杰比斯确实很想知道缘由，但没想到杰希竟然从玛莉出生前的事情说了起来。杰希所讲的事情越来越多，杰比斯也渐渐明白了事情的原委。

当吉姆还是一个单身汉时，一直和自己的母亲住在一起。他还有一个姐姐，不过她早就结婚并搬到别处居住了。后来，吉姆和一个来自路易斯的女人结了婚，吉姆的母亲便搬到了女儿那里去住。吉姆的妻子出身不错，但她不会做任何家务，甚至连洗衣服都不会，更别说烧火做饭了。吉姆并没有嫌弃她，反而还细心照顾她。除了每天劳作之外，吉姆回家后还要生火做饭，其他家务活儿他也一并包揽了。这样一来，他妻子的懒病便越发严重。每周的星期天，她会在床上躺一整天，连饭都懒得吃。吉姆和他妻子一直没有孩子。直到十七年前，他妻子突然病逝了。

吉姆的妻子死后，吉姆就把母亲从姐姐家里接了回来。自此以后，他母亲就帮他管理家里的大小事务。村里人都知道，吉姆处理事情时缺乏主见，一向听从他母亲的话。他的母亲建议他抱养一个女儿回家，一是省得他再娶一个女人，二是为了能让家里热闹些。

没过多久，吉姆果然从伦敦的一家孤儿院抱回了一个女婴。有些人猜测这个突然出现的女婴是吉姆养在别人家的私生女，但事实并非如此。当时，那个孤儿院用篮子把女婴送到吉姆家，还将女婴的出生证件以及身份说明一并交给了吉姆。此后的每个星期，孤儿院还要向吉姆家支付五先令的抚养费。这个女婴算是个被遗弃的孩子，她的父母是合法夫妻，母亲已经去世，父亲是一个酒鬼，周围也没有人愿意照顾这个孩子，于是她就被孤儿院收养了。

无论有没有那五先令的抚养费，吉姆和母亲都非常欢迎这个小家伙的加入，他们给这个孩子取名为“玛莉”。大概过了两三年的光景，孤儿院就再也没支付过抚养费了。尽管吉姆的母亲是个爱财的人，但她也没有让吉姆去孤儿院催要过这笔钱，一如既往地疼爱这个孩子。吉姆也并不在乎孤儿院每周给的小钱，他在乡下有个伯父，伯父去世前将位于依斯达卜恩的四栋房子和一笔丰厚的存款留给了他，他完全有能力抚养玛莉长大。杰希可以证明吉姆的伯父确实将那四栋房子过继给了吉姆，因为吉姆办理房屋过继登记时，杰希帮他做了担保人。

十四年后，那个篮子里的女婴长成了小姑娘。然而你绝对不可能在厨房见到玛莉的身影，她很讨厌那些占据她学习时间的事情。目前她还在上学，她的梦想是成为一名小学教师，她常常为自己的梦想感到自豪。她和人说话时总喜欢抬起下巴，就像是已经成为教师了一样。玛莉并没有过人的美貌，也没有令人惊艳的才智，她总喜欢在家里说个不停。按照杰希的看法，吉姆家里少了她会清静许多。尽管玛莉缺点很多，但吉姆手里的钱财足以确保她未来拥有一份让其他女孩都羡慕的丰厚嫁妆，并顺利嫁入一个优越的家庭。

由于玛莉平日里从不关心吉姆或吉姆的母亲，所以很多时候，旁人都觉得玛莉不懂得感恩。有一年，吉姆的母亲突然失声了，但具体是什么原因就连吉姆也不知道。刚开始，老太太还能说一些话，只是嗓音有些沙哑。后来老太太就觉得喉咙疼，说不出话，一日三餐都只能喝粥。玛莉却认为这只是小感冒，她整天捧着书本坐在自己床前的椅子上，对老太太的状况漠不关心。

看着自己的母亲每日痛苦不堪，吉姆心急如焚。他先带着母亲去找了村里有名的哈丁医生，但哈丁医生也查不出任何病因。随后，吉姆又带着母亲去了卜莱敦医院和伦敦的医院。那些医生将一个带灯的仪器放到了他母亲的嘴里，将她的喉咙前前后后看了个遍，依旧查不出任何毛病。在接受了医院各种五花八门的检查和治疗后，吉姆母亲的喉咙反而更疼了。为了减轻母亲的痛苦，吉姆便带着她回了家。回家后他母亲虽然说不了话，但她的喉咙慢慢不疼了。吉姆给母亲在腰上系了一块可以写字的小板子，方便她与人沟通。她很少说话，一块小板子足够了。

玛莉十五岁那年的夏天，杰希正在帮吉姆家打扫猪圈，他抬头擦汗时，突然看到一个陌生男人走上了吉姆家门前的木桥。那座木桥是吉姆为了回家方便而用数块旧木板拼接起来的，桥下就是小溪，涨水时并不安全。除了吉姆，很少有人从那座木板桥上走过。通常，人们会选择从附近新建的那座有栏杆的石桥走到溪流对岸。那个男人走起路来摇摇晃晃，衣服和裤子上都是摔倒时蹭到的泥巴，显然是喝了酒。

杰希感到奇怪，但他并没有喊吉姆出来看，因为吉姆正在屋里换被雨水浸湿的鞋袜，不方便出来。只见男人走过木桥后，看都没看在溪边喂鸭子的老太太，径直走向了吉姆的家门。跨过吉姆家的门槛后，男人找了把椅子坐下，开始阐述自己的来意。他声称自己是从伦敦来的，吉姆收养的女孩其实是他的亲生女儿，他现在要把女儿接回去。男人还出示了相关材料，证明自己和玛莉的父女关系是受到法律保护的。吉姆怎么也没想到，这个抛弃女儿十多年的男人还会找上门来。他很想把这个人打出去，可是他的理智告诉他，这样做于事无补，反而可能让他在监狱里待上几个月。但那个男人没有丝毫理智可言，依旧我行我素地吵闹着，他的蛮横无理彻底激怒了吉姆，两人在楼下吵了起来。

楼上正在学习的玛莉听到争吵声便下楼了，男人看到玛莉就冲到她面前，自顾自地讲着她的身世和自己的身份。玛莉听完后很生气，对着男人说："我出生的时候你抛弃我，现在我已经有一个幸福的家了，你倒又想起我来了。想让我跟你走，简直是痴心妄想。"随后，玛莉又用那张巧嘴将那个男人从头到脚羞辱了一番。男人哪里见过这阵仗，只好收起那些证明材料，灰溜溜地离开了。男人走后，玛莉在家里大闹了一场，她指责吉姆和老太太为什么不早点儿告诉她自己的身世。后来她还写信质问了孤儿院，但孤儿院的人表示现在的事情已经和他们无关了。

一个星期后，男人专门挑了一个玛莉和吉姆的母亲都不在的日子再次找上门来，再次和吉姆强调自己要接走玛莉。吉姆知道他是个酒鬼，离不开买酒钱，为了息事宁人，便拿了十先令打发他出门了。玛莉的事，让吉姆常常寝食难安，他的年纪大了，没有时间和精力再去领养一个孩子。更何况，他一直将玛莉视为亲生女儿抚养长大，如今辛苦养育的孩子却要被人夺走，他怎能不着急？

每当男人将买酒钱挥霍一空后，就会拿着那些证明材料来找吉姆。

他反复强调法律会保护他要回女儿的权利，并承诺将来会好好照顾玛莉。吉姆无奈，只好一次次拿钱打发他，而且给的钱越来越多。吉姆的母亲对拿钱打发那个酒鬼非常不满，每次吉姆去拿钱时，她都会把写字的小板子敲得当当响。打发完那个男人，吉姆还要花一晚上安慰自己的母亲。

那年十一月的一个雨天，由于溪水上涨，冲塌了溪岸边的堤岸，还把堤岸上堆积的树桩冲走了，造成了水道淤积。溪水无法流出，使得庞资农庄主人多柯特的小麦被淹。杰希受多柯特的指派，来溪水边清理堵塞水道的树桩。因为水势太大,吉姆也来帮忙,一直到下午四点，他们才将水道疏通。

没过多久，溪水拐弯处又堆积了上游漂下来的杂物，其中还包括吉姆家的蜂箱。吉姆前去查看里面是否还有蜜蜂时，却意外发现了浮在溪水中、双眼紧闭的玛莉的亲生父亲。吉姆和杰希一起将男人拖上了岸，发现他已经断了气，从他嘴里的酒气和手上的伤痕来看，他应该是喝醉了酒，失足掉下了暴涨的溪水中淹死了。吉姆还在他身上找到了两金镑,估计是刚从吉姆家要钱出来。那应该是吉姆的母亲给的，因为吉姆只会给他一金镑以内的钱。溪水继续涨起来，杰希和吉姆也不知道怎么处理男人的尸身，便让溪水带走了他。吉姆回家时，他的母亲正在收拾招待男人的餐桌。吉姆确认了那两金镑确实是母亲给的，这下她可不能再对吉姆以前的做法感到不满了。从此以后，吉姆就将小溪视为了好朋友，因为溪水带走了那个总是威胁着要抢走他女儿的男人。

“玛莉知道这件事吗？”杰比斯问。

“她不知道。玛莉对她这个亲生父亲从来没有好脸色，而且吉姆他们也并不打算让这件事影响玛莉平静的生活。”杰希回答道。

“那么玛莉的亲生父亲最后漂到哪里去了呢？”

“大概是在罗伯兹桥附近吧。你也知道，我平日里已经忙得不可开交了，根本没有时间去关注那些新闻报道，后来是多柯特告诉我，我才知道那个男人的消息。相关部门调查后，得出了男人是溺亡的结论，但是没有人知道他从何而来，也不知道他是谁。”

“那个男人应该是死在自己手里的，他不应该每天将自己泡在酒坛子里，也不应该威胁吉姆要带走玛莉，更不应该贪得无厌。”

“你说的有道理，但很多事情没有绝对的对错。吉姆爱玛莉没错，那个男人有权利带走玛莉也没错。”

如果此刻有人站在村子附近的山坡上，他一定能看到，小溪正轻柔地卷着吉姆的干草从水道中流过。没有人会谴责这条小溪，因为那些干草是吉姆送给小溪的礼物，小溪是吉姆认定的好朋友。

“有些事情的确难以评判。不过，我想小溪现在的确应该带走吉姆的干草。”杰比斯笑了起来。

“我想也是，我忽然觉得小溪的声音听上去都温柔多了。”杰希也跟着一起笑了起来。

军队的女儿

我悄悄从麦坎纳小姐身边溜走时，她刻薄的话语还在舞厅里回荡：“连塞尔卡西恩圆圈舞步都踩不准的先生，就该老实待在观众席！”这话引得与我共舞的中士频频点头。说实在的，这位身高足有六英尺的红发女士确实令人望而生畏——火红的鬈发间别着几朵明艳的黄玫瑰，苹果绿色的腰带勒着粉色细布裙，黑色丝质手套与白缎舞鞋形成鲜明对比，更别提那张布满雀斑的脸上总挂着审判官似的严厉神情。

营房食堂飘来了红茶的香气，我循着味道找到了正在点心桌旁大快朵颐的老友——二等兵马尔瓦尼。此刻他沾着奶油泡芙碎屑的憨厚笑容，可比舞池里那些挑剔的目光亲切得多。

马尔瓦尼咬着半块姜饼凑过来时，军用茶缸里的红茶正泛起涟漪。“和小占西·麦坎纳跳过舞？先生您可算摸到凤凰尾巴了！”他喷着饼干渣压低声音，“等哪天给将军夫人献殷勤，记得把这事当勋章别在胸口——她马上就要和斯莱恩下士结婚了吧？”这是什么值得骄傲的事情吗？在我看来这话就像砂砾一般磨着我的耳膜，但我从二等兵马尔瓦尼的眼中看到了一些不一样的东西。

外面走廊飘来了汗酸与皮革混合的气味，这提醒我若任他在食堂久留，明日操场上又将多出个扛着四十磅装备罚跑的狼狈身影。更可怕的是某天陪同长官巡视禁闭区，撞见你视若兄长的朋友正被训得满头大汗——那尴尬堪比撞破师长在更衣室试戴假发。

“阅兵场的晚风一定能吹散一些酒气。”我把手搭在他的肩膀上，带着他往阅兵场走去，碎石路在军靴下咯吱作响，“说说那位占西女士吧？她到底是怎样的一个人？又是干什么的？”

马尔瓦尼一边掏出磨得发亮的橡木烟斗，一边说道：“连‘老柚子’的女儿都不知道！亏你还号称‘百事通’呢！等着，等我点燃了烟斗，就给你好好讲讲她的故事。”

我们来到了星空下，清冷的月光洒在地面，为一切镀上了一层朦胧的银纱。马尔瓦尼走到一座锈迹斑斑的火炮桥架旁，粗糙的手掌抚过冰冷的钢铁，随后缓缓坐了下来。他像往常一样，熟练地把烟斗叼在嘴里。军帽被随意地推到了后脑勺。

“当麦坎纳夫人还是沙德小姐的时候，”马尔瓦尼的声音有一些沙哑，“那是好多年之前的事了，当时你的眉梢还凝着晨露般的新鲜劲儿呢。”他的目光望向远方，眼神中满是追忆：“那时候的军队，和现在简直是天壤之别。现在他们不再要求小伙子结婚，也正因如此，军队里那些优秀、善良、正直，有着伶俐口才、强健体魄，既心软又性格火暴的妇女，比我当年当下士的时候少太多了。”

他停顿了一下，深吸一口气，又缓缓吐出一口白烟，“后来，我被降了职——不过这都无所谓了——我好歹也曾经是个下士。在那个年代，真正的男子汉都会与自己的兵团共存亡，只要长成了男子汉，出于本能就会选择结婚。

在我还是下士的时候——老天爷啊，自那时到现在，我们的兵团经历了多少风风雨雨！当时我的掌旗军士是老麦坎纳，他也是个结过婚的人。麦坎纳这人，一生结过三次婚，他的第一任妻子，叫布里奇特·麦坎纳，和我一样，都是波塔林顿人。”

马尔瓦尼的脸上浮现出一丝淡淡的笑意，“说实话，我都快记不清她的名字了，不过我们B连队的人都叫她‘老柚子’。你没见过她，那体型，滚圆滚圆的，就像一面大鼓！”说到这儿，他轻轻摇了摇头，“如今，这个女人——唉，愿上天抚慰她的灵魂，让她光荣地安息吧！她这一生，生孩子就跟不要命似的，一个接一个，根本停不下来。

“直到她的第五个，或许是第六个孩子出生的时候，麦坎纳实在受不了了，任谁也受不了给那么多孩子取名字，于是他发誓以后就用序号给这些孩子命名了。可老柚子苦苦恳求他，再不济也应该按照孩子们的出生地给他们取名。于是，就有了坷拉巴·麦坎纳、慕特拉·麦坎纳，还有一大堆用英国管辖地取名的麦坎纳，就连现在在那边跳舞的小占西，也是这么来取名的。

“可孩子们的命运太悲惨了，他们一个个地出生，又一个个地离开。现在的孩子夭折，就像羔羊去世般令人痛心，可那时候，他们就像苍蝇一样，成群地死去。我就是在那个时候，失去了我的小谢德……唉，不说了，那都是很久以前的事了。从那以后，马尔瓦尼太太再也没有生过孩子。

“抱歉，话题有些跑偏了，让我们回到正题。那年盛夏酷热难当，某位我至今也记不起名字的高层官员下达了近乎疯狂的调遣令——要将我们整支兵团调往内陆。或许当局只是想测试新铁路线的军事运输能力？他们确实如愿以偿了！要我说，那些官僚很快就能得到血淋淋的答案！当时，老柚子刚安葬完慕特拉·麦坎纳，又赶上瘟疫肆虐，可怜她身边只剩下四岁的占西·麦坎纳孤零零地活着。你能想象吗？短短十四个月内竟有五个幼小的生命接连夭折。这种人间惨剧任谁听了都会揪心吧？

“执行换防命令的过程简直如同炼狱——愿上天降罪于那个签署调令的官员！那段让人受罪的换防经历，我此生都无法忘怀。整整八百七十名官兵及其家眷，当局却只分配给我们兵团两节末等车厢。第二车厢挤着四个连队建制，混杂着十二名非军官家属的妇女和十三个哭闹的孩童。我们要沿着刚通车的铁路行进六百英里，那时的铁路对多数人来说还是稀罕物。在闷罐般的车厢里捱过整夜后——男人们赤膊狂饮着能找到的所有液体，啃食着腐烂的瓜果，我们这些低级士官根本无力约束——次日黎明时分，霍乱便已经在密闭的车厢内肆虐开了。

“愿神灵庇佑世人永远看不到那般地狱图景！那载满霍乱的军队列车完全就是上帝对我们的惩罚，没人能看得下去！当我们的列车行驶到卢迪阿纳休整营地时，所谓的‘修整’早已沦为讽刺，谁能在那样的情况下舒舒服服地休息呢，至少在那列车的‘乘客’眼中，这已经不是一个舒适的修整营地了。指挥官颤抖着向三百英里外的车站发去了求援电报——此刻我们确实急需救援，因为列车刚停稳，所有乘务员便如惊弓之鸟般四散奔逃。就在电报刚刚拟定时，整个车站除了一个话务员，已经看不到任何人的身影。你肯定会问为什么这个话务员没有跑，那是因为有人掐住了他那黝黑的脖颈，把他牢牢按在了椅子上。

“新一天的曙光并未带来希望，反倒让车厢内更加喧闹了，月台上，那些背着装备、拖着行李排队准备前往营地的士兵，接二连三地如同断线木偶般栽倒在地。我至今无法准确描绘那场霍乱肆虐的景象，或许随军医官能够解释——倘若在我们抬运尸体时，那位戴金丝眼镜的医官没有突然从车厢门框滑落栽倒——他永远倒在了沾满血污的月台上，和其他人一样，也被死神夺走了生命。这场霍乱在暮色中愈演愈烈。当晚有好几个年轻士兵在担架上咽了气，我们陆续抬出七具冰冷的尸体和二十名正在抽搐的病患。妇女们蜷缩在角落里发出凄厉的哀号，她们裹着褪色纱丽的肩膀不住颤抖，仿佛这样就能避开死神挥动的镰刀。整列火车弥漫着胆汁与排泄物的腥臭，连盘旋的乌鸦都不敢轻易落脚。

“我现在早就记不得当时那个指挥官的名字了，甚至连他的脸都有点儿模糊了，但他下的那道命令依旧清晰得很。‘带女人孩子去东边的高地！这儿可不是他们该待的地方！’指挥官的声音冰冷而不容置疑，仿佛这片被霍乱阴影笼罩的营地，连女性的存在都是多余的。这时的老柚子正坐在简陋的铺盖上，轻轻摇晃着怀中的占西，试图用温柔的动作安抚孩子的不安。‘去那边高地！别在这儿妨碍男人们做事！’指挥官再次催促着，语气中满是不耐烦。老柚子抬起头，眼中闪烁着怒火：‘闭嘴吧！’她毫不畏惧地反击道。一旁年幼的占西根本不知道站在面前的这个人是谁，更不知道母亲的话是什么意思，她只是跟着奶声奶气地重复：‘闭嘴吧！’，女人们裹着各色头巾的影子在地上乱颤，像群受惊的鹌鹑。

“老柚子猛地起身，褪色纱丽扬起尘土。她扫视着瑟缩的女人们：‘你们这些只会筛面粉的软骨头！就眼睁睁看着小伙子们肠穿肚烂？取水去！’说着就扯下头巾扎紧袖口，毅然决然地朝宿营地后的水井走去。小占西迈着稚嫩的步伐，紧紧跟在母亲身后，手中紧紧攥着一根绳子和黄铜水壶。其他女人见状，连忙也站了起来，有人抄起喂马的栎木桶，有人拿着煮咖喱的陶罐，布裙扫过沾满呕吐物的砂砾地。十几个黑影跟在老柚子身后，仿佛是一只母羊正带着一群羊羔觅食呢。

“当她们满载着清水归来时，老柚子昂首挺胸，大步流星地走在最前方。要知道，这个时候的营地就像是刚刚经历过一场战争，虽然没有战场上的壮烈感，却也被死亡的阴霾笼罩着。老柚子的身后跟着一群由女人组成的娘子军。

“‘麦坎纳，我的男人！’，老柚子扯开嗓子命令着麦坎纳，不知道的人还以为老柚子是这片营地的首领，‘管住这群呆头鹅，让他们都安静一些！有我老柚子在呢——都过来吧，喝水不要钱！’

“我们听闻，顿时士气大振，濒死的欢呼从担架堆里升起。虽然这声音在病人们痛苦的呻吟声中显得有些微弱，但那是绝望中的一丝光亮。要知道，那时我们这支新建的兵团，对霍乱这种可怕的疾病一无所知，面对战友们接连倒下，只能像无头苍蝇般手足无措。我们能做什么呢？我们甚至没有这群女人做得好，男人们只会失魂落魄地来

回踱步，眼神中早就没有了希望与勇气，只会不停地喃喃自语‘这究竟是怎么了？老天爷，这到底是怎么一回事啊？’

“而老柚子和小占西却成了黑暗中的两束光。她们不知疲倦地穿梭在营地各处，小占西甚至戴着一顶不知从哪儿得来的很可能是从死人头上取下的帽子，帽缨随着她的跑动，在小小的身体上来回晃荡。她们一趟又一趟地为病人们送去清水，还设法去搞了一些白兰地，毫不夸张地说，当时那些忙碌的身影，真是给了我们坚持下去的力量。

“老柚子丰润的面颊上，偶尔会落下滚烫的泪珠，她哽咽着呢喃：‘我的小伙子们，可怜的、没了性命的小伙子们！’但更多时候，她总是强打精神，用沙哑的嗓音鼓励那些被病痛折磨的男人们振作起来。那小占西也奶声奶气地重复着宽慰的话语，告诉每一个人‘到了早晨就会好起来’——这是从前慕特拉发高烧时，老柚子常挂在嘴边的话，小占西听得多了自然也就会了。

“所谓的早晨，对二十七名汉子来说，是停驻在圣彼得堡大门外的永恒曙光；而另外二十名弟兄，在次日毒辣的日头下，被病魔夺走了生命。那些女人们如不知疲倦的天使，顶着酷暑往返于水井与营地之间，用清水擦拭病人发烫的额头，喂他们喝下清水；可男人们却像被恐惧攫住了灵魂，有的呆坐在铁轨旁喃喃自语，有的攥着步枪在营地边缘来回踱步，眼神空洞得如同被抽走了魂魄。

“直到铁路沿线派来两名医生，这人间炼狱般的状况才终于出现转机。医生们带来的不仅是药物，还有让绝望的人们重新攥紧拳头的希望。

“在医生抵达的前一刻，老柚子正跪在我们连队一名小伙子的床前——他是营房里睡在我右侧床铺的同伴——老柚子正用饱含信仰的话语安抚着濒临绝境的灵魂。然而她忽然晃了晃身子，声音发颤：‘小伙子们，快扶住我……我难受得厉害！’击垮她的不是霍乱，而是烈日持续的暴晒。她忙得根本顾不上自己，在那样的大日头下，她只戴着一顶破旧的黑色无边帽。就这样，她在‘麦坎纳，我的男人’的臂弯里咽下最后一口气。小伙子们安葬她时，哭声掀翻了营地的天幕，连盘旋的秃鹫都惊得振翅飞远。 那天晚上，狂风骤起，那大风呼啸着掀翻了营地里的帐篷。好在这裹挟着沙砾的风也卷走了死神的镰刀——这之后，在扎营等待的十天里，霍乱再未夺走任何一条生命。说起来也离奇，这场瘟疫在营房里的传播路径，竟像有人穿着冰刀划出四个交错的八字形。有人说是流浪的人带来了灾祸，我愿意相信这个说法，就像相信老柚子说的那句‘到了早晨就好了’。”

“所以，”马尔瓦尼的逻辑跳跃得突兀，“这就是为什么小占西·麦坎纳成了如今这样的姑娘。麦坎纳走后，军需中士的妻子收养了她，但她骨子里是属于B连的。我跟你说，每个刚入连的新兵都得明白该如何敬重占西·麦坎纳——这规矩是我让他们牢牢记住的！”

“那天我把下士斯莱恩堵在兵器库后头，让他向占西求婚。”

“不是吧！你竟然这样做了！”

“没错，我就是这么干的！她长得不算出众，但作为老柚子的女儿，为她的未来打算就是我的责任。就在斯莱恩升职前，我把他叫到跟前说：‘斯莱恩，听好了，明天你要是升职了，我若揍你就是违反军规。但我以在天堂的老柚子的灵魂起誓，你今晚要是不同意向占西·麦坎纳求婚，我就用铜钩把你身上的肉从骨头上刮下来！她都这么大了还没嫁出去，简直是B连的耻辱！’我就这么跟他说的。你觉得我会容忍一个毛头小子跟我顶嘴吗？当然不会！后来斯莱恩就向她求婚了。这小子确实不错，总有一天会当上军粮供应官，驾着运粮车，兜里揣着存款。我就是这样为老柚子的女儿安排好了以后的生活。”

他忽然推了推我的肩膀，酒气混着烟草味扑面而来："愣着干吗？再去请占西跳支舞。"

于是我起身走向舞池，皮鞋碾过营地的碎石子，胸腔里滚过潮水般的敬意——为那个戴着死人的帽子提着水壶的小女孩，为烈日中倒下的老柚子，为所有在霍乱与荒诞中挣扎着活下去的灵魂。

我对占西·麦坎纳小姐心怀敬意，后来也参加了她的婚礼。或许有一天，我会跟你讲讲那场婚礼的故事。

银行骗局

他喜欢抱着酒瓶畅饮，
他常将粗野的话挂在嘴边。
服装店就像他的家，
随便穿衣服不买单。
他利用信誉驰骋竞技场，
他是诡计多端的场上赢家。
他总做坏事和傻事，
面具一戴没人认出他。
他做好事不留名，
谎话遮掩无人晓。
——军营食堂之歌

亲爱的朋友，接下来我要讲一个关于雷吉·柏克的故事。趁着他现在正在出差，无暇顾及印度这片土地上正在发生的事情，我们悄悄地讲一讲。如果他听到我们在讲他的故事，那么他一定会生气的。不过，我想这个故事现在绝对无法漂洋过海，传到他的耳朵里。

雷吉·柏克曾在辛德夏尔科特银行布下一场“善意的大骗局”，那场骗局骗过了银行里所有的职员，除了他和我，至今没有其他人知道那场骗局的存在。也许你会问我是谁？我只能告诉你，我是一名医生，我不是他的朋友，我和他的关系类似医生和病人家属。虽然我和他并不熟，但是我有信心将这个故事的全貌呈现在你面前。

我工作的地方位于印度北部的大城市，雷吉·柏克也在这座城市工作，他在辛德夏尔科特银行担任经理一职。这家银行的董事会在印度的首府加尔各答，辛德夏尔科特银行只是总部下属的一个分行。由于很多政府事务都需要银行的大力协助，所以这家银行在政府部门也有一定的话语权。

辛德夏尔科特银行招聘职员的要求很高，雷吉也是通过董事会的种种考验才最终入选的。尽管董事会的人曾经用最苦最累的工作来刁难雷吉，但他还是凭借过人的能力完成了这些工作。雷吉极其讲究工作效率和工作质量，入职之前，他就仔细研究了当地办理借贷和保险的政策。除此之外，他还有丰富的业务经验，因此他入职后，银行的高层从不怀疑雷吉管理银行业务的能力。

雷吉有一副“聪明相”，脸上没有一根胡须，看上去很年轻。无论你在什么时候见到他，他的眼里都满含笑意。他喝酒就像喝水一样轻松，即使喝下一加仑的根纳牌白葡萄酒，他都只是微醺的状态。

雷吉总是能把工作和生活琐事都安排得井然有序。每天上午十点到下午四点，是他的工作时间。工作时，他更喜欢人们称他为“柏克先生”，他会以专业的态度深入了解每一位顾客的需求，并高效地帮助每一位顾客办理银行业务。工作之外的时间都是他的休息时间，休息时，他更喜欢人们直接称他为“雷吉”。他的骑术和舞技都很不错，因此，他经常活跃在各种各样的竞技场上和聚会中。他不会错过当地任何一场有趣的活动，甚至当你提着餐盒外出郊游时，也能随时遇见他。

可能前一天晚上你还和雷吉在球场玩马球，一起谈论着某人高超的球技，第二天早上你就能在辛德夏尔科特银行再次与他相遇。当你拿着一张五百磅的保险单作为凭证，来银行借两千卢比时，雷吉第一眼就会认出你。不过，因为他在工作和生活中判若两人，所以你是很难立刻从银行职员中认出他的。

他有一句口头禅：“请相信，这个世界上有两个雷吉·柏克。”虽然大家对这句话半信半疑，但是雷吉用实际行动证明，这句话绝无半点儿掺假。无论是“柏克先生”还是“雷吉”，他都能迅速戴上那个身份的面具，进入角色的最佳状态。

辛德夏尔科特银行的职员组成很简单，门口有一个负责晚上巡逻的警察，内部人员包括一个经理、一个会计、一个出纳以及数位基础职员。银行所在的地方经济繁荣，有很多商人在这里经商，因此银行的主要业务是办理贷款。雷吉作为这个银行的经理，承担的责任自然要比其他职员更重。自从数年前，银行的会计变成了塞拉思·莱里先生，雷吉经常多出许多事务需要处理。

雷吉偶尔会在宴会上对众人说：“塞拉思·莱里先生一定是董事会

给我安排的另一种形式的考验，我才不会被轻易打倒。”

莱里来自英国，长得瘦瘦高高的，站在人群中非常显眼。他最开始在英国北部的工厂工作，后来辗转到了英国赫德斯菲尔德的一家银行工作了七年。他从最基础的工作开始做起，最后成了这家银行出色的出纳官。大概是五年前，莱里意外收到了辛德夏尔科特银行董事会发来的聘书，聘书上写满了对他工作能力的溢美之辞，最后一句话是邀请他成为辛德夏尔科特银行的一员。莱里觉得这家银行的高层挑选职员的眼光很不错，于是他就带着行李以及满腔热血来到了印度。

印度北部的主要收入来源是麦子，想要从这里的商人和农民头上获得更高的利润，就必须鼓动他们去银行贷款。但印度银行的利息普遍较高，要让印度的商人和农民心甘情愿地到银行贷款，银行职员就需要有一定的头脑。

莱里显然不是个聪明人，他并不懂印度银行与英国银行办理业务的政策有什么不同，也不想动脑筋去学习和思考。他骨子里天生有一种来自英国的优越感，这份优越感让他自信过了头，忽略了自己业务能力的不足。他总用在英国银行办理业务的思维模式来处理印度银行的事务。当雷吉对他的办事方法提出质疑时，他经常会生气地把雷吉教训一顿。两人管理方式的不同，常常会导致一些无效的争吵，这样的场景几乎每天都会在辛德夏尔科特银行上演，其他职员已经见怪不怪了。

虽然雷吉是莱里的上级，但争吵时，雷吉常常是处于下风的那一方。他最开始只是对莱里感到生气，但当莱里总是坚信自己是对的，并且听不进任何劝告时，雷吉对他就只剩下了失望。

莱里似乎从没有将雷吉当作上级，他认为雷吉就是一个胡作非为的酒鬼，只适合在聚会上喝酒或者在军营食堂里聊天，不适合在银行里担任要职。他对雷吉的朋友也有着自己的看法。雷吉的朋友是一群军人，每到星期天，这些军人朋友就会来银行找雷吉一起吃早餐。莱里通常会和他们同行，他们会在餐桌上用粗鄙的语言讲一些轻浮的故事。每当莱里听不下去时，他就会选择离开餐桌，在他眼中，雷吉的朋友就是一群粗鄙之人。

莱里患有肺病，身体羸弱，因此大多数时候，雷吉对莱里还是宽容的。莱里每次生病都要请假住院很多天，尤其在冬天，莱里的病情容易反复，在医院治疗半个多月是常有的事。如此一来，莱里的工作就落到了雷吉的手里。雷吉不仅不会埋怨莱里给自己增加负担，还会庆幸没有莱里在身边拌嘴，工作处理起来轻松多了。虽然雷吉私下对莱里很不满，并给莱里取了很多难听的绰号，但他从来没有当面斥责或嘲讽过莱里。他甚至很同情莱里，认为莱里的骄傲自满多半是被病痛折磨才产生的。

有一年，董事会派了一位巡视员前来辛德夏尔科特银行视察工作，他发现莱里没有在自己的岗位上，便询问了缘由以及莱里平日上班的情况，当知道莱里已经多次请假治病后，他将这件事情告诉了董事会。

董事会的一位董事认为，银行从不养闲人，况且会计这个岗位对银行很重要。与其让一个病人占着职位不工作，不如更换一个健康的职员。董事会里有一位议员表示，这件事情有些为难。莱里之所以来辛德夏尔科特银行工作，是他向董事会举荐的。当初为了获得莱里父亲的选票，他已经答应了莱里的父亲，将莱里送到一个适合养病且暖和的地方工作，如果现在把莱里开除，那他就违背了承诺。

莱里知道父亲很担心自己的肺病，但是他从未想过，自己的工作也是父亲一手安排的。他工作时依旧与雷吉针锋相对，觉得雷吉应该为自己的工作能力而感到羞愧，自己总有一天会说服雷吉接受他的工作方法。

去年四月，莱里再次入院治疗，此时他的父亲已经去世很久了。那位议员便蠢蠢欲动，他早就想安插自己看重的人进入辛德夏尔科特银行工作，一直苦于找不到机会。趁莱里生病，开除莱里的议题再次在董事会的会议上被提起。不过这些事情，莱里一点儿都不知道。

我是莱里的主治医生，给莱里仔细检查完身体，我断定莱里的肺已经不足以支撑他继续工作。虽然我知晓他的病情，但是我仍然拍拍他的肩膀告诉他，不久后他会好起来。休养一个多月后，莱里就想回去继续工作。出于对病人负责的态度，我只好到银行找到雷吉，我想莱里应该会听他上司的话。

那是我第一次见到雷吉，他正在办公桌前整理一些贷款数据，我问雷吉："您是否知道莱里的病情？"

雷吉忙着整理数据，头也不抬地回答我："你看看我桌上的这些资料，就应该知道我根本没空去关心莱里。他就是个捣乱的家伙，最好能安安静静住在医院里，永远不再回来。只要你能让他远离我的身边，不要像一只麻雀一样吵个不停，就算你撬开了银行的保险箱，我也会装作没有看见。”

听到这些话，我有些气愤，但我还是压住心里的火气，严肃地对雷吉说：“我以我的人格担保，按照莱里目前的身体状况，他最多坚持三个月，如果幸运的话，他还可以多活一些日子。他已经病入膏肓，无药可救了。”

雷吉停下了手里的工作，脸上的表情变得柔和，我想他应该是戴上了“柏克先生”的面具，他沉默了一会儿，问：“你觉得我能帮上什么忙吗？”

“柏克先生，你只需要安慰他焦躁的心，让他安心在医院养病就好了，而我会履行作为一位医生的使命照顾他，直到他的生命终结。”

雷吉同意了我的建议，随后工作人员又给他送了许多信件，我就离开了。很多事情是后来雷吉烦闷时与我聊天，我才知道的——比如那天那堆信件里有一封董事会解雇莱里的信。

董事会所有成员一致决定，将莱里解雇，辛德夏尔科特银行一个月后将迎来一位新会计。雷吉需要按照银行职员的管理规定，提前通知莱里先生办理离职手续。信中还说，莱里的解雇通知，董事会将尽快寄出。

雷吉看完信后，在脑海中快速想出了一个周密的骗局，这个骗局为莱里而设。雷吉将董事会寄来的信收进了办公桌的抽屉里，开始实施自己的计划。

雷吉每天的生活变得繁忙起来，除了工作时间，他都会到医院陪莱里。他毅然放弃了属于自己的娱乐时间，没有去骑马，也没有再去聚餐或者郊游。他有时会鼓励莱里从病床上起来走走，有时会抱着银行里的一些资料来找莱里商量。莱里还是那副高高在上的样子，他会直接指出自己对雷吉工作方法的不满之处，然后感叹一句“银行根本离不开我”。他丝毫不管雷吉为他承担了多少工作，只想着再这么病下去，他升迁的希望就变得渺茫了。雷吉并没有在意莱里的指责，只是谦卑地听着。

到了六月，莱里便只能躺在病床上了，莱里的病房旁种了许多大树，遮住了阳光，这让他的心情渐渐烦躁，经常对雷吉大吼大叫。雷吉心里对于莱里是有一丝愧疚的，他认为自己身为上级，应该早些关心下属的健康问题，也许莱里的病情就不会那么快恶化。因此，当莱里情绪暴躁时，雷吉就会讲一些让他觉得高兴的事情。

有一天，莱里突然问雷吉：“董事会会不会因为长期请假而追究我的责任？”

雷吉回答说：“并不会。董事会的领导给你写了慰问信，并表示希望你能尽快康复，回到你的工作岗位上继续为银行奉献力量。”

莱里很高兴董事会没有因此而责怪他，心情一好，脸色也就红润起来，看起来也比往日精神了许多。他指责雷吉时也更加有力气了，即使病房的门是关着的，人们还是老远就可以听见病房里传出来的指责声。

事实上，莱里的解雇通知早已寄到了银行，只不过被雷吉藏了起来。为了打消莱里的顾虑，雷吉用信笺纸模仿董事会领导的语气写了一封慰问信，并交到了莱里的手中。由于没有信封，雷吉还被莱里指责了一通，他说：“你不应该乱动寄给我的信，我的手又没有生病，拆信封这件事情我还是能做到的。”

雷吉给莱里道了歉，并表示下次一定会原封不动地将信拿来。经过这次的事情，雷吉每次以董事会的口吻写完信后，都会找一个信封将信纸装好，再用火漆蜡将信封口认真地封起来。

六月底，新会计到辛德夏尔科特银行找雷吉报到。新来的会计的确比莱里聪明多了，雷吉终于减轻了一部分工作负担。这样，他就能有更多的时间去安慰和鼓励可怜的莱里，也有充足的时间去写一些以董事会的名义寄给莱里的信。莱里照例收到了六月份的工资，他拜托雷吉将他的大部分工资寄回英国给他的母亲，雷吉照做了。其实，当董事会寄出莱里的解雇通知后，莱里就没有工资发了，这几个月的工资都是雷吉出的钱。

七月，莱里的病情更加严重了，但这并没有影响到他的好心情。他还能按时收到工资，偶尔还会收到董事会寄来的慰问信，因此生病对他来说,也是一件值得欢喜的事情。他偶尔还会看着天花板,笑着说：“等我的病好了，我要抽个时间回去看我的母亲。”

莱里最近迷上了读《圣经》，经常拉着雷吉讨论，但雷吉并无研究的兴趣。安慰病人是一件麻烦事，每天坐在病房里和莱里说一些假话，接受莱里的指责，时常让雷吉感到精疲力尽。

八月时，莱里的病情更加糟糕了，他似乎也察觉到了自己身体的变化，但他不敢往坏处想，只是偶尔盯着天花板发呆。见到这种情况，我也只能告诉雷吉：“想办法让莱里重拾对生活的热情吧！也许这样他能多活一些时日。”

没过几天，雷吉拿出一封董事会的慰问信，并告诉莱里，董事会为了鼓励他顽强地与病魔作斗争，将他的薪资提高了百分之二十五。莱里听了这个消息，顿时喜笑颜开。他又开始拉着雷吉争论银行业务的办理方法，畅想着走出病房的日子。

就这样，莱里顺利地熬过了八月，收到了八月的工资。这简直就是生命的奇迹。雷吉松了一口气，只要莱里能继续保持好心情以及积极向上的生活态度，那么安稳地度过九月也是有可能的。

九月最后一天的黄昏，莱里突然从床上挣扎着想要坐起来，他有气无力地呼唤着刚刚走到病房门口的雷吉：“柏克先生，我感觉到我的肺已经腐烂了，我快没办法呼吸了。咳咳……我的一生也许就到此结束了……我自认为我生平没有做过什么坏事，我能活到现在已经是万幸……”

莱里说话的声音越来越低，雷吉只好弯下腰，俯耳倾听。

“请帮我把九月的工资全部寄给我的母亲……抱歉……我想我不能为银行继续效力了……这都是命运的安排……”

莱里用尽了全部的力气，他的生命走到了终点，医护人员根本来不及施救。最后，他闭着眼，面朝着墙壁去世了。

雷吉将被子拉过莱里的头顶，盖住了他憔悴的脸庞。接着，他走到阳台上，拿着一封董事会的慰问信喃喃说：“如果我早来十分钟，他是不是又能多活一天？”

这个问题我无法回答，毕竟生命总是充满意外。

雷吉精心策划的骗局就此结束，莱里多活了一个月，这个骗局无疑是成功的。至少在莱里死前，他都认为银行是需要自己的。

莱里死后，雷吉的生活又恢复了平静，他在工作时间依然是兢兢业业的“柏克先生”，在工作之余做回享受吃喝玩乐的“雷吉”。我不知道雷吉后来是否将莱里的死讯告诉了他的母亲，但我知道他每个月都要去一次邮局，专门向英国寄一些东西。

雷吉不喜欢人们知道他太多的事，这样会打扰他的生活。作为这件事的旁观者，我所能做的就是将我看到的事实告诉众人。至于大家会如何评价这件事或当事人，我想大家心中都会有自己的判断。

犯疯病的奥西里斯

当我的喉咙似火烧时，我的心向往何方？

当在枪林弹雨中时，我的内心渴求怎样的避风港？

生命即将落幕之时，我心中的归属又在何方？

我不过是想与战友并肩而立。

倘若他足够慷慨，他会与我分享美酒。

在我生命的最后一刻，他会将胸膛借给我依靠。

待我离去之后，他会代我向家人传递那最终的告别。

愿苍天眷顾，让每个人身边都有一个好伙伴！

——军营之歌

我的好朋友慕尔凡尼和奥西里斯计划今天进行一场狩猎活动。原本他们邀请了利罗埃，但是利罗埃最近在缅甸不幸染上了热病，正在医院接受治疗，无法参加今天的活动。于是慕尔凡尼和奥西里斯想到了我，我代替利罗埃参加了这次狩猎活动。当我带着两瓶酒到达狩猎场时，他们的脸上都流露出失望的神情，他们邀请我是想和我一起进行一场酣畅淋漓的狩猎，我却以为他们是想安静地坐下来一起喝酒聊天。

经过一下午的狩猎，我们收获颇丰，一共捕获了两只野狗、四只鹦鹉、八只乌鸦、一只老鹰、一条蛇和一只甲鱼。为了庆祝今天狩猎活动圆满结束，我们决定在河边一起吃顿晚餐。我们的晚餐很简单，主食是麦麸面包，饮料就是我带的酒。用餐结束后，我们解下腰带，平躺在沙地上舒展劳累的身体，难得有这样的闲暇时间，我们三个都显露出慵懒之态。

我和慕尔凡尼都是仰面躺下的，唯有奥西里斯面朝沙地躺下。只见他双手抱头，深吸一口气后又翻身仰望蓝天。

慕尔凡尼问："你在干什么呢？难道是喝下去的酒还不够尽兴？"

"我在思念托特纳姆法院街上的一位姑娘，她是我的恋人，真不知道我当初为什么来当兵。"奥西里斯有些难过地回答。

慕尔凡尼赶紧接话："你应该是喝多了，尽说些胡话。"

奥西里斯似乎没听到慕尔凡尼的话，慢悠悠地说："我只是一个卑微的士兵，一个无名小卒，我的生活怎么会如此苍白？如果我没有来当兵，或许我现在已经和那位姑娘结婚了，然后我们在哈默史密斯街上开一家动物标本杂货铺，我会成为一名资深的动物标本工艺师。我们的店铺里会摆上一只狐狸标本、一些鸟类的羽毛和一些色彩缤纷的玻璃眼珠，我可爱美丽的妻子将会站在门口摇响门铃，告诉我有客人来了。但我现在只是个士兵，一个喝醉的士兵，我已经想象到我以后会做些什么了。稍息，立正——放下枪，向左转——齐步走——立定，

目视前方——抬起枪——上膛，射击——”

奥西里斯最后说的是殡仪队送别亡灵时才会说出的口令，慕尔凡尼立刻激动地喊了起来：“闭嘴！冷静点儿，这条口令可不能随便说，你知道这意味着什么吗？这可比你站在军营里当着众人吹奏追悼曲还糟糕。当你看着自己的亲朋好友一个个死去时，你会明白你把这条口令当成笑话来说是多么愚蠢。你真是蠢到家了！”

我知道慕尔凡尼一直像一位父亲一样疼爱着奥西里斯，他说这些也是因为关心奥西里斯。但是我觉得奥西里斯有权利说自己想说的话，作为朋友，我只能倾听他说的话，而没有资格去批评他不懂得生活的乐趣，更无法改变他的想法。于是我对慕尔凡尼说：“他应该是喝多了，就让他随便说说吧。”

慕尔凡尼说：“他确实喝得太多了，他已经醉了。”

奥西里斯兴奋地喊道：“请让我说完吧！请你们设想一下，烈日炎炎，你把你豢养的鹦鹉锁在一个封闭的铁笼子里。当它脆弱的红爪子被铁笼子烫伤时，它就会发出尖锐的叫声，在你不能放走它的情况下，难道你还能忍心再将它的嘴堵起来吗？”

慕尔凡尼戏谑地回应：“红爪子？你竟然还将自己比作鹦鹉，你简直是疯了。”然后他突然转变语气对我说：“你听到他说的荒唐事儿了吗？他到底喝了多少酒？”

奥西里斯辩解道：“我喝的不是酒，是浓浓的乡愁。”

慕尔凡尼嘲笑他：“我猜你不用等退伍再回家，现在‘雪拉比斯号’就能接你回家了，你这个痴心妄想的家伙！”

奥西里斯无所谓地说:“如果真是那样就太好了，只要能尽快回家，我走路都可以。说不定我会在退伍前死去呢？”他不管是否有人回答自己，又喃喃地说着殡仪队的口令。

我第一次见到奥西里斯失态的样子，有些不知所措。我转头看了看慕尔凡尼淡定的神情，他仿佛已经见惯了奥西里斯这个样子。他压低声音对我说:“那些愚蠢的上级总是指派一些乳臭未干的小伙子来担任军官，而那些军官常常对他颐指气使，于是他就变成这样了。这应该只是一小部分原因，其他的原因我也不知道了，但我想不出有什么大事能让他变成这样。”

我明白人在压力大的时候总要找些事情来发泄，我对慕尔凡尼说:“没事的，就让他把想说的都说出来吧，也许这样他就会好起来呢！”

突然，奥西里斯从沙地上坐起身来，他一脸凝重地看着对岸，开始唱起了一首幽默的军团之歌，歌词内容涉及战争和死亡。

慕尔凡尼紧张地抓住我的手，让我仔细地观察奥西里斯。对此我非常疑惑，于是我小心翼翼地说出我的疑问:“现在的奥西里斯怎么像变了一个人？”

慕尔凡尼的双眼直直地盯着奥西里斯:“直觉告诉我，他又犯病了。他不止一次出现这样的状况了，而且每次犯病，他都会神志不清很长一段时间。深夜,在大家都入睡时,他常常会突然从被窝里爬起来，随后打开自己的行李箱,收拾自己的随身物品。收拾完后他会来找我，对我说着一些他要回家、帮他与上级周旋之类的疯话。我怎么可能让他离开呢？他头脑清醒时是一个遵纪守法的好孩子，一旦他离开军营就会被当作逃兵，于是我死死地拽住他、劝解他，但他犯病的时候什么都听不进去。接着，我就会和他打起来，最后我们一起被关禁闭。我真是有些头疼，但愿他今天不要让我再打他一顿。”

我开始意识到这件事情的严重性，奥西里斯犯病的事情没那么容易解决。

慕尔凡尼有些着急，他想让奥西里斯尽快恢复清醒，他索性嘲讽地对奥西里斯喊道：“嘿！你这个把自己比作鹦鹉的臭小子，你还清楚你现在是谁吗？你到底是跟随我勇敢游过依洛瓦迪江的战士，还是只会躲在床底下的懦夫？”

奥西里斯没有一丝清醒的迹象，他双眼空洞，缓缓地说：“别挖苦我了。在进攻伦斯尔庞那晚，你不是看着我脱掉衣服游过依洛瓦迪江的吗？在阿米德吉尔那场战役中，战况多么激烈你不是不知道，我也是迫不得已才躲藏在床底下保存实力，那时我可一点儿都没有怕过。现在我好想回家啊！我只是想回家！我自小就没有母亲，我的叔叔把我养大不容易，他现在一定在伦敦等我呢！我真想站在沃克斯豪尔桥上看看伦敦的柏油路和路灯；我想和我心爱的姑娘坐上开往伯可思山的火车，听听伦敦的声音；我还想去伦敦找我的朋友，去找曾经管教我的那个警察。回家后，我就不用每天站岗、训练或擦枪了。这样我就可以在星期天带着我心爱的姑娘去公园里看救生员训练，就可以自由安排自己的生活了。我真后悔从英国漂洋过海来这里当兵，凭什么英国女王一句话就可以决定我的命运？这里什么都没有，没有家人，没有我心爱的姑娘，没有美景和美酒，更没有值得我浪费时间去做、去思考和感动的事情。奥西里斯，你确实是个傻瓜，你放弃一切辛辛苦苦来当兵，到头来只能算作英国女王的一件私有物品，任她摆弄。”奥西里斯的叫骂声越来越大，他开始说起了一些骂人的粗话。

慕尔凡尼无奈地摇了摇头，激将法失败了。除了和奥西里斯打一架，他已经想不到更好的办法了，他用求助的眼神看着我，似乎是想让我想想办法。我曾经让一个喝醉的男人清醒了过来，也许可以试一下，看这个方法对犯病的奥西里斯有没有用。

“就算你骂英国女王，也不能改变你的现状。”我对奥西里斯说。

奥西里斯激动地说：“我没有骂她！上帝能看到我对她绝对忠诚。我太累了，我只是想暂时逃离那枯燥的军营，但我也只是想想。”

我感觉奥西里斯找回了一丝清醒，赶紧接着说：“是吗？如果现在有一个让你溜出军营的机会，你确定你不会逃跑吗？”

“求之不得！”奥西里斯高兴得跳了起来。

“你知不知道你在做什么？”慕尔凡尼有些生气地对我说。

我笑着说：“我要帮助奥西里斯逃出军营，把他送到孟买的车站去，他可以去他想去的任何地方。麻烦你回去和你们的长官报告，他在参加狩猎活动时不见了，你只在河边捡到了他的猎枪。”

“你确定让我回去报告？这真是太疯狂了。如果奥西里斯真心想逃跑，而你也愿意帮助他，那么我一定义不容辞为他打掩护。”慕尔凡尼在震惊之余对我讲了这番话。随后，他走到了奥西里斯面前，用猎枪柄指着奥西里斯说，“你要想清楚，一旦你迈出这一步，要是以后反悔跑了回来，我一定会好好教训你一顿。”

“就这样吧！无论什么后果我都会承担的，我已经迫不及待准备出发了，快放我离开吧！”奥西里斯在沙地上来回踱步，他已经做好了离开河边的准备。

我没有让他立即离开，而是对他说：“我和你互换衣服，脱下你的军装吧，你这身衣服实在是太显眼了，你可以穿我的便服离开。”

我的话还没说完，奥西里斯已经毫不犹豫地脱掉了脚上的军靴，然后开始解衣服的扣子。事情的发展超出了我的预料，我并不是真的想帮助他逃跑。我原本只是想让他对这样荒谬的做法提出异议，从而阻止他继续发疯，现在看来，他是真的很想逃离这里。

慕尔凡尼摇着我的胳膊说：“他现在高兴得不得了呢！我们现在不帮助他逃跑都不行了。对你来说，这样做，我们大不了关二十八天至五十六天的禁闭。但对我们两个来说，我们将会失去身为士兵的尊严，其他人会嘲笑我们的。”我还是第一次看到慕尔凡尼这么慌张的样子。

奥西里斯穿好我的衣服，说：“我已经准备好了，接下来我要如何做呢？”

我顺着他的话回答道：“你现在先在河岸边等我三个小时，我会帮你安排好一切。你们连队的兄弟应该都知道，你出门打猎时不会带钱，所以当他们得知你失踪的消息后，我敢确定他们一定会先到狩猎场附近来找你。待会儿天黑时，我会先骑马回去取一百卢比给你，你就可以拿着这笔钱到距离这里五英里的火车站，购买一张前往卡拉奇的头等厢车票，我想他们绝对想不到，你会在逃跑时明目张胆地坐在头等车厢里。等你抵达卡拉奇后，你再买一身农民的衣服和一张货船的船票……”

奥西里斯打断了我的话：“到达卡拉奇后，我会自己安排行程的。”

看样子，奥西里斯应该是相信了我说的话。你知道吗？英国的士兵既勇敢无畏，又小心谨慎，他们从不轻信别人，他们最信任的人是他们的长官。我是一个文职人员，按照他们的处事原则，我的话是不具备参考价值的，但幸运的是，奥西里斯对我的话没有丝毫怀疑。我和他认识三年了，尽管我们相聚的次数少之又少，但是我们对待彼此都很真诚，他也一直把我当作值得信赖的好朋友。

我和慕尔凡尼牵着马离开了河边，然后找了一处隐蔽的地方拴好马，躲在了草丛里，一边小声谈论着奥西里斯，一边观察着他那边是否有什么异常。我们在等待天黑，如果天黑时奥西里斯还没有恢复正常，那我就会按照计划的那样骑马回去取钱。现在奥西里斯的情绪很平静，他一直安静地坐在河边。

慕尔凡尼严肃地对我说：“奥西里斯为人平和，通情达理，如果不是亲眼看到，我也不敢相信一个大好青年竟然得了疯病。我曾试图用皮带打醒他，就算我打得他遍体鳞伤，他想逃走的想法依然根深蒂固，我都怀疑他犯病时感觉不到疼痛。先生，你见多识广，请你分析一下这是为什么。是不是因为他从小的生活环境太贫困？还是他缺乏教育？”

我无法回答这个问题，我的心里备受煎熬。我不清楚奥西里斯会在河边逗留多久，也不确定我是否需要遵照诺言去帮助他。

大概过了两个小时，天已经完全黑了，奥西里斯没有来找我们，这说明他还没有恢复正常。犹豫再三，我还是决定去给马匹装上马鞍，毕竟我已经答应他了。马鞍还没装好，我和慕尔凡尼就听到河边传来了奥西里斯歇斯底里的吼叫声。我们急忙跑到河边查看情况，奥西里斯正在手忙脚乱地脱着身上的便衣，他看到我时，急忙拉着我的衣领，要求把衣服换回来。他的情绪很激动，连衣服扣子都没办法顺利地解开，最后只好抬手从头上将衣服脱下来。

谢天谢地，这两个小时的等待是有用的，孤寂和冷静治好了他的疯病。当他重新穿上自己的军装，套上自己的军靴时，他的情绪逐渐平复了。他踩了踩脚下的军靴，当确定自己已经清醒后，他用双手捂住了脸，有些沮丧地说；“我究竟做了什么？我是不是中暑了？是不是生病了？为什么我会穿着便服？”

“你还好意思问，你刚刚的所作所为简直是丢人现眼。你丢失了作为男人的尊严，最重要的是，你已经把我们连队的脸都丢尽了。我从前是怎么教导你的？你全部都忘了？当你还是个驼背、懒散的新兵时，我就无数次告诉你，要像个男人一样挺直腰板行走，做事要坦坦荡荡。你刚才那样，我都觉得在人前抬不起头。”慕尔凡尼生气地说。

奥西里斯默不作声，思考了一会儿，他从自己腰上解下了那条挂满勋章的皮带，恭敬地将皮带递到了慕尔凡尼面前。他说：“慕尔凡尼，我身材矮小，自知打不过你，每次和你打架我都是你的手下败将。刚才的事是我不对，如果你不介意的话，那就拿起这条皮带打我几下，就算你把我打死，我也不会有任何怨言。”

慕尔凡尼看到奥西里斯已经低头认错，心里的怒火也就消了下去。

他转身对我说："先生，麻烦你回避一下，我想和他谈谈。"

我明白这是关乎男人尊严的问题，只要奥西里斯清醒了就是一件好事，所以我直接回家了。路上我一直在回想今天发生的事情，我还想到了让我敬佩的英国士兵汤马斯。我找不到奥西里斯如此反常的原因，我也不知道今后他是否还会像今天这样犯病。

我十分庆幸，今天我和慕尔凡尼并没有成为他当逃兵的帮凶。并不是我们无视奥西里斯的苦闷，而是奥西里斯腰带上沉甸甸的勋章告诉我们，他并不会背弃自己所在的军营和自己的使命。

我看到了奥西里斯与往日不同的一面，当他犯疯病时，他的身上充斥着自由和独立思考的光辉，这让我觉得他十分耀眼。从朋友的角度来说，只要他能够开心，我并不介意陪着他一起发疯，但我不支持他因一时冲动而做出令自己遗憾终身的错误决定。